5分 シリーズ

5分後に癒《いや》されるラスト

エブリスタ 編

Hand picked 5 minute short,
Literary gems to move and inspire you

河出書房新社

目次

Contents

日々、ご飯。 …… 5
飴玉雪子

無理しなくていいんだよ …… 19
michico

コンビニの猫 …… 43
駒木

花が舞う …… 53
kaku

うちの父娘《おやこ》 …… 67
イム＊

グランマ!! …… 81
蝦夷雪ひつじ

to be サンタクロース …… 95
千秋蛍戊都

幸せと切なさと　有坂悠……125
買い物強者　（有）ユウ……145
GO　スミレ……161
静かで優しい夜のこと　しとっぴ……177

［カバーイラスト］新井陽次郎

エブリスタ×河出書房新社

［5分後に癒されるラスト］

Hand picked 5 minute short,
Literary gems to move and inspire you

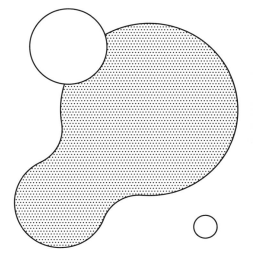

日々、ご飯。

飴玉雪子

――それは毎日の事で。

かぱっ、と冷蔵庫を開けて、ばたんっ、と閉じて。

――毎朝の事で。

冷たい水道の水をざーっ、と出しながら手を洗って、冷蔵庫の中身を組み立てる。

――……よしっ！

きゅっ、と水道の蛇口《じゃぐち》を閉めて。

それと同時に炊飯器《すいはんき》が炊《た》けた音をぴーぴー、と出した。

ここからこの部屋は、音楽室になる――とか、言ってみたりして。

ぱたぱたっ、と少し大きめのスリッパの踵《かかと》が床《ゆか》を叩《たた》いて、ばたんぱたんっ、と戸《と》棚《だな》や引き出しを開けては閉めて。

しゃきーん、と包丁がおはようございます。

木のまな板に包丁を並べて、冷蔵庫をばかっ、と開けて、取り出す、取り出す
――とりあえず、この子達。

片手鍋《なべ》をかこんっ、とコンロにセット。

お椀《わん》で約三杯《ばい》のお水を入れて、ちょっと待たれよ。

洗った野菜達は、じゃがいも、人参、大根、牛蒡《ごぼう》。

しゃりしゃり、と皮を剝《む》いたじゃがいもは乱切りで水にさらして、同じく皮を剝いた大根と人参はやや厚めに、とんとんっ、と、いちょう切り。

牛蒡はささがきにして水にさらして。

長ねぎも斜《なな》め切り、さしゃんさしゃん。

はい、お鍋さんお待たせ様。

と、切った野菜達をぼちゃちゃちゃちゃ、とお鍋へ、ぼちゃーん。

お出汁《だし》の粉も、さららら、と入れて、コンロの火をかちっ、と、ぼぅっ、と点火。

ざーっ、とまな板を水で簡単に流して、はい、次の子達。

お豆腐《とうふ》を水切りして、昨日の夜ご飯の残りの枝豆をつぷつぷつぷつぷつぷ、押《お》し出して。

あとは、塩ぉ！　砂糖ぉ！　醬油《しょうゆ》ぅ！　胡麻《ごま》ぁ！　ちょっとだけ味噌《みそ》ぉ！　をお豆腐と枝豆と一緒《いっしょ》に、ぬちゃぬちゃ、とまぜまぜ。

ちょっと味見様。

……うん、ちょっとお塩——の代わりに塩昆布《しおこんぶ》!

……うん、おっけ!

かちゃちゃ、とボウルの上に菜箸《さいばし》を置いて、冷蔵庫からレタスを取り出して、二枚ほど、ばりっ、とむしって、また冷蔵庫にお帰り下さいな。

「——あっ!」

しまった、とコンロへ、ぱたぱたっ、と小走って、火を弱めて、ほっ、と一息。

お鍋の蓋《ふた》をちょいと斜めにして——これで吹《ふ》きこぼれないでしょうな?

そうそう、レタス。

小皿くらいな感じに千切って、洗って——小鉢《こばち》を二つ、用意。

かちゃかちゃ、とんとん——くしゃ、くしゃ。

小鉢、レタス、その上に枝豆塩昆布の白和《しらあ》えをちゃちゃっ、と乗せて。

「……はい、一品目」

出来たおかずはすぐにこの音楽室と続きになっているリビングのテーブルへ、ことん、と置いて、ぱたぱたっ、と運んで運んで。

洗い物は後で一気に——また冷蔵庫をばかっ、と開けて。

いつもよりちょっといいベーコン登場！

使い古した鉄のフライパンをがちゃんっ！　とコンロにセットして、ちきちきぼっ、と点火。

卵二つ——は、一つと一つで両手で持って、肘《ひじ》で冷蔵庫をばたんっ、と閉めて。

ベーコンから油が出るからサラダ油はちょびっと、たらーり、くらいで——ベーコンをべろーん、と二枚、じゅじゅーん！　とフライパンに並べて、次は卵を二つ——ベーコン二枚の上じゃなくって、右側の空いてるスペースに、こんっ、くしゃ、ぱかぁ、を掛《か》ける二回。

ぎゅうぎゅうで狭《せま》そうだけど、良いのです。

なんせ、ちょっといいベーコンなので、良いのです！

お、そろそろ煮《に》えた片手鍋に長ねぎを——。

「――おはようさまー」


私の夫さんが起きてきた。

まだ眠《ねむ》そうに寝癖《ねぐせ》の頭を掻《か》いていて。

「おはようさま！　ぼちぼち出来るですぞー――って、ぎゃお！」

夫さんは私の後ろから、のしん、とハグしてきたのです。

これも、毎日の、毎朝の事なのです。

けれど――。

「――包丁っ！」

「おう。怖《こわ》い」

そう笑う夫さんですが、私のお腹《なか》をさわさわ、なでなで、してくるじゃあないですか。

「……くすい！」

くすぐったいの、略。

「んー、んー。大きくなったなぁ」

……確かにちょっと太りましたがね？

「――お、噴《ふ》いてる」

「うん、お味噌係。頼《たの》みまっせー」

「ほいきた」

と、夫さんは離《はな》れて冷蔵庫からお味噌を出して、その間に私はオタマと菜箸をちゃきっ、と用意。

夫さんと一緒になってから、ずっと夫さんはお味噌係なのです。

料理は出来る、出来ない、で言ったら、出来ない、男さんなので、味付けだけでも、とやり始めたのがきっかけで。

なぜかお味噌係だけ上手なのです。

目分量でオタマでお味噌を掬《すく》って、あくびをしながら菜箸で、たちゃちゃ、と溶《と》かして、溶かして。

「――フライパン、余熱、蓋？」

はいはい、と私は蓋をコンロの下の引き出しから取り出して、ぱわん、と被《かぶ》せて。

「醤油？　ソース？」

「んー、胡椒《こしょう》、マヨ！」

「わったしっはマッスタぁーあドぉ」

と、リズムに乗って言ってみたら、それもいいなー、って夫さんがお味噌を溶かし終わったようで、ちょびっとお味見さんしています。

そして、かんっ、と片手鍋の縁《ふち》をオタマで叩いて。

「――でーきた」

お味見さんをした後の夫さんはいつも眠気も覚めるようで――ここから、早いのです。

私は、かちゃかちゃ、がちゃん、と戸棚からご飯茶碗とお味噌汁椀を二つずつ出します。

色違《いろちが》いの、私と夫さんのお茶碗達です。

お箸は二膳《ぜん》、これも色違いです。

それと二百円の安くて丸い平皿を二枚並べて。

「ん、俺《おれ》やるから奥《おく》さんはお米をお願いしやっす」

あらら、お優しい。

フライパンくらい持てるのに。

と、にんまりしてたら、しっしっ、とそこ退《の》けそこ退けされちゃいました。

なので、しゃもじをびちゃっ、と水で濡《ぬ》らして、炊飯器のプッシュボタンをオーン。

ぱかぁ、と開いた隙間《すきま》から、ほわぁん、とお米の良い匂《にお》いと湯気。

軽く混ぜて、ふんわり、とご飯をお茶碗によそって。

と、指に米粒《こめつぶ》ついた！　熱い！　と、慌《あわ》てて食べ取って。

「ほい、ベーコンエッグー」

「はーいっ」

綺麗《きれい》に盛られた平皿とお茶碗をぱたぱたっ、と運んで、運んで——鏡合わせみたいに並べて。

冷蔵庫からお漬物《つけもの》を——お茄子《なす》の浅漬《あさづ》けと、きゅうりの糠漬《ぬかづ》け。

また新しく出さないとだなぁ。

それとマヨとマスタードと、胡椒はあっち、と。

「——ほい、お味噌汁ー」

「お水、氷は——」

「——二つー」

ほいほい、と、がらら、とグラスに入れて、ペットボトルのお水をとぽぽぽっ、と注いで——約三十分、完了《かんりよう》。

そして、ダイニングテーブルの対面同士で着席して、ぱんっ！　とお手を合わせて。

「——いただきまーす」

「——いただきまーす」

ご飯、開始です。

まずはお味噌係の腕前《うでまえ》さんをチェックするです。

お箸で、ほっくほく、のじゃがいもを押さえて、ずずずっ、と飲んで、もう一口。

ずずっ——うん、やっぱり美味《おい》しい。

「——はぁ……具沢山《だくさん》のお味噌汁うんまっ」

「じゃがいも、甘《あま》っ、うん。はぁ……」

ほっこり、とするのも束《つか》の間、壁《かべ》に掛けている時計を見て、はっ、と急ぎます。

ご飯なのでゆっくりしたいけれど、ゆっくり出来ないのが朝ご飯なのです。

「今日は何時くらいに帰ってくる?」

わう、冷たい白和えで目が冴《さ》えるぅ。

「昨日と一緒、真《ま》っ直《す》ぐ帰ってくるよー」

夫さんはいきなり目玉焼きの黄身をつぷっ、と潰《つぶ》して、お箸で上手に切ったベーコンをつけて食べていて。

それ美味しそうっ。

「――病院、気をつけて行ってね?」

……はいはい、全く、心配性と言いますやら。

私と夫さんは一緒になって半年の、いわゆる、新婚《しんこん》さん、というやつでありまして。

半年、毎朝一緒にご飯、というのは一緒になる前からの約束でして。

「……やっぱ俺も行く?」

「大丈夫《だいじょうぶ》、今度でいーよぅ」


――近々、もう一人増えるのです。


自分のお腹をなでなで、した私は、にんまり、と笑ってみせます。

今日も一番最初に、一番好きな人と、一番大事にご飯を食べる。

ベーコンと目玉焼きを上手《うま》い具合に一口、そこに追いお米!

熱くて、はふっ、と一回息を逃《に》がして、もぐもぐ噛《か》んで、さらに追いお味噌汁!

の、長ねぎが、しゃきっ、と色んな食感、やば美味《うま》っ！

夫さんも、ベーコンをぶちっ、と歯で千切って、白身にマヨたっぷり付けて大きく一口、のところに追いお米！　アンド、追いお味噌汁！　冷たい白和えで温度調整！

「——ん？　シャツ、アイロンかけたっけ？」

「いーよいーよ、朝ご飯食べてから——割と急ぎでっ」

やっぱり急ぎな朝ご飯。

けれど、こんなに素敵《すてき》なご飯は他にないんじゃあないですかね？

だって、超絶《ちょうぜつ》美味しい——じゃなくて、超絶幸せ、なのですから！

【ごちそうさま】

[5分後に癒されるラスト]

Hand picked 5 minute short,
Literary gems to move and inspire you

無理しなくていいんだよ

michico

先月、母さんが病死した。

病気が見つかって、たった４ヶ月で天国へ逝《い》ってしまった。

俺《おれ》に遺《のこ》した言葉は、「高校受験頑張《がんば》って。無理してレベルの高い学校に行かなくてもいい。通いたいと思える学校に行きなさい。それは大学も仕事も同じだよ」ということ。それから、「お父さんを支えて、浩《こう》ちゃんを護《まも》ってやってね」ということ。

３つ下の弟の浩介《こうすけ》は明日で11歳《さい》になる。

親父《おやじ》は仕事だけどなるべく早く帰るというから、俺が浩介の誕生日の準備をすることにした。勿論《もちろん》、普段《ふだん》そんなことをしたこともないから、何をしたらいいのかもよく分かっていない。

とりあえず、折り紙で部屋の飾《かざ》りを作って、買い出しに行って浩介の好きな晩飯を作ればいいだろう。メインはプレゼントとケーキだな。

張り切って頭の中で計画を練っていたら、母さんが「悠《ゆう》ちゃん、無理しなくていいんだよ」と笑ったような気がした。

母さんの口癖《くちぐせ》は「無理しなくていい。無理をすると、必ずしわ寄せがくるよ」だった。

だけど、母さんの死は俺には勿論だけど、まだ小学生の浩介には大きすぎることだ。

ここで誕生日をおざなりにしてしまうと、母さんのことを今以上に恋《こい》しく想《おも》って哀《かな》しくなるだろう……。

浩介は短気な俺とは違《ちが》って、穏《おだ》やかでいつもニコニコとしている温和な奴《やつ》だった。

そんなところは、死んだ母さんによく似ていた……。

だけど、母さんがいなくなってから、その笑顔には陰《かげ》りが見えていた。

そして母さんの話をしても、浩介は決して「お母さん」という言葉は口にしなかった。恐《おそ》らく、言葉に出来ないのだろう……。

俺は誕生日くらい哀しいことは忘れて幸せな気持ちにしてやりたい、と心に決めていた。

「親父は浩介の欲しいもの知っている？　誕生日プレゼント買わなきゃな」

前日の朝、親父と一緒《いっしょ》に家を出てそんな話をした。

「いや……知らないな。おまえが小五の頃《ころ》は何を買った？」

「どうだったかな。多分、カードゲームかゲームソフトってとこかな？」

だけど、浩介は俺と違ってゲームをしなかった。浩介自身がそれほどゲームに興味を持たなかったのもあるし、母さんがゲームの悪影響《あくえいきょう》で俺の視力が急低下したことを気にしていて、出来れば浩介にはゲームをさせたくなかったのだと思う。

ゲームは無しにして……浩介はアニメや漫画《まんが》は普通に見ているけど、何かにハマっているという感じもしない。

「そう言えばあいつ、何が好きなんだ？」

俺が小学生のころまでは家にいる時は二人で一緒に居たりもしたけど、中学に入って部活と塾《じゅく》が忙《いそが》しくなったら、浩介と一緒に過ごすこともなくなった。

「プレゼントは浩介と一緒に欲しい物を買いに行けばいいんじゃないか?」

親父も浩介についてはよく分からないようで、少し寂《さび》しそうに笑った。

「放っておいたつもりは無かったけど、そういうのは母さんしか知らなかったんだろうな」

親父はどちらかと言えば子煩悩《こぼんのう》な父親だった。

小さい頃は週末になると浩介と二人、スポーツ観戦や釣《つ》りに連れて行ってくれた。今でも子どもとの時間は惜《お》しまないから、思春期と呼ばれる時期の俺でも普通に会話ができる関係だった。

「ケーキはいつも母さんが手作りしていたよな」

俺がボソッと呟《つぶや》くと、親父が目を見開いて「おまえが作るのはやめろよ」と言った。

「作らねえよ。って言うか、作れねえし」

母さんはお菓子《かし》作りが趣味《しゅみ》で毎年違うケーキを焼いて祝ってくれたけど、浩介は輪切りのオレンジが敷《し》き詰《つ》めてあるオレンジケーキが特に好きだった。

ケーキ屋というものに入ったことも無かったけど、俺は同級生に聞いて美味《おい》しいと評判のケーキ屋に行ってみた。だけど、ショーウィンドウを覗《のぞ》いても、母さんが作るようなオレンジケーキを見つけられなかった。

「まあ、母さんの思い出とダブるよりは、美味しいって評判のケーキを買った方がいいのかもな」

そう考えて、オーソドックスな生クリームとイチゴのデコレーションケーキを注文した。

「なあ、明日は浩介の誕生日じゃん。晩飯、何がいい？」

俺は昨日作ったカレーを皿に盛ったライスの上にかけながら、横目で浩介の様子を窺《うかが》った。

「ああ……誕生日か」

浩介は顔を上げて俺を見た。

「兄ちゃん、カレーと焼き肉の他、何作れるの？」

「はあっ？　何でも作ってやるって」

俺はそう言いながら、キッチンには母さんの料理の本が沢山《たくさん》あったから、何とかなるだろうと考えていた。

「オムライスがいい。ケチャップでおめでとうって書いてくれたら、ケーキの代わりになるじゃん」

「バカ言え、誕生日はケーキだろうが。兄ちゃんがちゃんと」

「えっ!?　兄ちゃん、ケーキなんて作れるの？」

パッと浩介の顔が輝《かがや》いた。

俺は「ちゃんとケーキ屋に注文してきたぞ」と言うつもりだったけど、思わずその言葉を飲み込《こ》んだ。

浩介が久しぶりに本当に嬉《うれ》しそうな笑顔を見せたからだ。

「誕生日ってさ、家に帰ったらケーキを焼いた匂《にお》いが家の中に広がっていて……それで、ああ、今日は僕《ぼく》の誕生日なんだって実感するんだ」

「そ……そうか。そう言えば、俺もそうだったな」

やっぱりケーキは作ってみるか。

そう思った時、母さんの笑顔が脳裏《のうり》に浮《う》かんだ。

「無理しなくていいんだよ」

いや、母さん。時には無理をしてでもやるべきことだってあるんだよ。


だけど、そう思ってしまったのが間違いだったのかもしれない。

次の日の放課後、俺は急いで教室を出た。

俺の所属しているサッカー部は滅多《めった》なことがないと部活を休むなんてあり得なかったけど、我《わ》が家の事情を知っている先生も先輩《せんぱい》や友達、後輩たちも、みんな今日は帰って弟の誕生日を祝えと言って快く休ませてくれた。

で、学校帰りにケーキと夕食の買い物へスーパーに行った。

母さんが入院してから買い物は週末に親父がまとめてしていて、夕食はそれを使って俺が簡単なものを作ったり、親父が作ったものを置いておいたりしていた。

だから、スーパーの買い物に慣れていない俺は、どこに何があるのかもわからず、スーパーの中を行ったり来たりしながら、えらく時間がかかってしまった。

家に帰るとすでに浩介が帰っていた。

そりゃあ、そうだ。小学校の方が家に近いうえに下校時間も早い。それに俺は買い物をして帰ってきたのだから。この時点で、家に帰った時にケーキの匂いがする、と浩介が言っていたようには誕生日を実感させることが出来なかったのだ。

だけど、要は部屋中にケーキの匂いがすればいいのだろう。

「浩介、今日はオレンジケーキにするぞ」

気を取り直して俺が買って来たオレンジを見せると、浩介は笑って頷《うなず》いた。

「僕、ケーキの中ではオレンジケーキが一番好きなんだ」

お菓子は母さんがレシピ帳を遺していたから、多分大丈夫《だいじょうぶ》だろうと思っていた。

だけどお菓子なんて作ったこともなかったから、そもそも書いてある手順の意味もよく分からなかった。

「小麦粉を……振《ふ》るう？」

計った小麦粉をタッパーに入れて振ってみる。

これ、何か意味があるのだろうか……？

「湯煎《ゆせん》にかけたバター……？」

バターに湯をかけてみる。

何だかベチャベチャになったぞ……。

「オレンジは……皮は剥《む》くよな？　あれ？　皮もついていたような気がするけど……」

細かいことまではレシピ帳には書いていない。ただ、作り方の手順が載《の》っているだけだった。

そして、また母さんの笑顔が浮かぶ。「無理しなくていいんだよ」

大丈夫だって、母さん。心配しすぎなんだよ。

「まあ、何とかなるだろう」

どうにかタネを作って型に流し込んで上に輪切りにしたオレンジを乗せると、それなりに母さんが焼いたケーキの面影《おもかげ》があった。

俺はホッとしてオーブンに入れてセットした。


「ただいま」

親父が予定よりずいぶん早く帰ってきた。

「あ、お父さんおかえり！　今日は早いね」

浩介が嬉しそうに玄関《げんかん》へ駆《か》けていった。

「そりゃあそうだ、浩介の誕生日だからな。ほら、プレゼントも買ってきたぞ」

「うわ〜、何だろう？」

「ケーキのろうそくの火を吹《ふ》き消した後で渡《わた》そうな」

親父はニコニコと笑っていたけど、俺は心配になって親父を肘《ひじ》で突《つ》いた。

「浩介の好きなものを買いに行くんじゃなかったのか？」

「そう思ったんだが、やっぱりその日にケーキで祝った後にいつも渡していただろう？　それが無いとガッカリするんじゃないかと思ってな」

確かにそうだな……と俺も思った。誕生日の楽しみはプレゼントだよな。

だけど、欲しい物じゃないと意味がない気もする……。

「なんか、焦《こ》げ臭《くさ》くないか?」

「やべっ。オムライス作っている途中《とちゅう》だった!」

慌《あわ》ててキッチンに戻《もど》ると、チキンライスが半分焦げていた。

炊《た》いたご飯は全部入れてしまったし……どうにか焦げていない部分を浩介の皿に入れるしかない。

チキンライスを包む卵も上手《うま》く作れず、すぐに破れてしまった。

まあ……味に変わりはないはずだ。

そうこうしているうちに、オレンジの甘《あま》い香《かお》りが部屋の中に充満《じゅうまん》してきた。

「あ、ケーキが焼けてきたんじゃないかな?」

浩介が嬉しそうにオーブンを覗き込んだ。

だけど、そのケーキは全然膨《ふく》らんでいなかった。

「焼き方が足りないのか?」

竹串《たけぐし》でケーキを刺《さ》してみると、特にくっつくこともなく中は焼けているようだった。

つまり、単に膨らまなかったのか……？

ケーキにろうそくを立てると、その生地が固いのが分かった。やっぱり上手く膨らまなかったから固くなってしまったようだ。

それでも、皿にボロボロの卵と焦げ付いたチキンライスのオムライスのような物を盛り付けて、生野菜を切って並べただけのサラダを出した。そして、テーブルの中央に膨らまなかったオレンジケーキ。

浩介は流石《さすが》に嬉しそうな表情ではなくなっていたけど、それでもガッカリした顔もしていなくて、穏やかな表情で席に着いた。

「じゃ……じゃあ、ハッピーバースデー歌うか」

テーブルに並んだものを見て、親父の笑顔は明らかに引きつっていた。

仕方がないじゃん、俺だって頑張った結果なんだ……。

そう自分に言い聞かせたけど、心の中は浩介が喜ぶものを用意できなかった落胆《らくたん》でいっぱいだった。

それでも、親父と一緒にハッピーバースデーの歌を精一杯《せいいっぱい》明るく歌ってやった。

浩介がろうそくの火を一気に吹《ふ》き消すと、親父が「誕生日おめでとう」と言って浩介の両手の上にプレゼントを乗せた。

「ありがとう」

浩介がワクワクしながら包装紙を開けると、新しく出た新色の３ＤＳと最近流行《はや》っているであろうゲームソフトが二つほど現れた。

「父さん、よく知らないけど、お店の人に聞いたらこれが人気でラストの一つだったんだ」

嬉しそうに説明する親父を前に、浩介は少し驚《おどろ》いたような顔をしたまま、暫《しばら》くの間それを真顔で見つめていた。そんな浩介の様子に、親父も心配そうに顔を覗き込んだ。

「ほら、おまえゲームって全然持っていなかったじゃないか。前に友達はみんな大体持っているって言っていただろう?」

「……ありがとう、お父さん。だけど……僕、これ使えない。ごめんね」

そう言って、浩介は申し訳なさそうにプレゼントをギュッと抱《だ》きしめた。

「お母さんと……約束したんだ。ゲームはしないって」

浩介が久しぶりに「お母さん」という言葉を口にした。

いや……口にさせてしまったのかもしれない……。

親父は絶句して俯《うつむ》いてしまった。

「ごめんね、お父さん。これだけは約束だから……」

「いや、いいんだよ。父さんもおまえが欲しいものも聞かずに、悪かったな」

それでも親父は明るく笑ってみせた。

「さあ、せっかく悠介《ゆうすけ》が作ってくれたんだ。食べよう」

「うん。兄ちゃん、ありがとう。いただきます!」

浩介は少し寂しそうに笑ってオムライスを口にした。でも、次の瞬間《しゅんかん》顔をしかめた。

「うわっ、しょっぱい」

「えっ？　マジで？」

俺もオムライスを口に運ぶと、確かに塩を入れすぎていた。

ケーキもカチカチでナイフとフォークを使わないと食べられない状態だし、散々な料理になってしまった。

「ごめんな、浩介」

哀しいことを忘れさせるどころか、酷《ひど》い誕生日になってしまった。

「やっぱり、お母さんがいない誕生日はダメだね」

浩介の言葉が胸に刺さって、思わず涙《なみだ》が出そうになって下を向いた。

母さんも笑って頷いているような気がした。

「無理しなくていいんだよ」

ああ、そうだね、母さんの言う通りだった。無理して頑張った結果、失敗したしわ寄せで浩介を哀しませてしまったんだ。

おもむろに親父が席を立つと、浩介の隣《となり》に行って膝《ひざ》をついて浩介の顔を覗き込んだ。

「ごめんな、浩介。父さんはいらんプレゼント買っちまった。けど、兄ちゃんはおまえのことを想って、精一杯やってくれたんだぞ」

親父が少し厳しい口調で諭《さと》すように浩介に言ったから、俺はそれにイラついて「いいって、俺が失敗したんだ！」と思わず声を荒《あら》げてしまった。

ハッとして浩介を見ると哀しそうに俺を見ていたけど、また穏やかな表情をした。

「いいんだよ、兄ちゃんは失敗して。だって、誕生日にお母さんがいなくてもいいなんて、僕は嫌《いや》だ」

浩介はそう言いながらも、俺が作った塩辛《しおから》いオムライスを口へ運んだ。

ああ、そうだよな。母さんのケーキで母さんの料理が良かったって……そういうのを思い出して母さんを恋しがってもいいはずだった。浩介の気持ちを無理に封印《ふういん》するようなことをしてはいけないんだ。

俺はようやくそのことに気が付いた。

と同時に、本当は俺自身が封印しようとしていたのかもしれない、と思い知った。

母さんを思い出すと哀しくなるから、親父を支えて浩介を護って生きなくては、という想いから……母さんのいない寂しさを封印しようとしていたのかもしれない。

相変わらず、母さんが微笑《ほほえ》んでいるような気がする。

「無理しなくていいんだよ」


ふいに玄関のチャイムが鳴った。時計を見ると8時を回ったところだった。

「誰《だれ》だろう？　こんな時間に」

そう言いながら、親父が玄関に向かった。

ドアを開けた親父は何だか楽し気な声を出していた。

「浩介、隣の美緒《みお》ちゃんだぞ」

隣に住む美緒は浩介と同い年で、二人は幼稚園《ようちえん》の頃からの腐《くさ》れ縁《えん》だ。

浩介にくっついて俺も顔を出すと、美緒は赤いリボンを首に巻いた小さな子犬を抱《かか》えていた。

「浩ちゃん、お誕生日おめでとう」

そう言うと、美緒はその子犬を浩介に差し出した。

「ありがとう。だけど、美緒……これって……」

微《かす》かに震《ふる》えた声で浩介はそう言うと、そっと手を伸《の》ばして子犬を抱いた。

「あのね、おばちゃんが入院して少ししてから、うちのシェリが子犬を生んだでしょ？　前にお見舞《みま》いに行った時におばちゃんがね、浩ちゃんが犬を飼いたがっているからって、浩ちゃんのお誕生日プレゼントに届けてほしいってお願いされていたの」

美緒はニコニコしながら話していたけど、浩介は今にも泣きそうな表情をしていた。

「僕……お母さんにだけ話していたんだ。美緒のところに子犬が生まれたから、貰《もら》えたらいいなって……」

だけど、浩介は美緒や隣の家族には言っていなかったのだろう。

「人に貰ってもらえるくらい大きくなったから、浩ちゃんのお誕生日に間に合ってよかった」

美緒も浩介とよく似たおっとりとした女の子で、穏やかな笑顔を見せた。

「この子、もう予防接種もしたしお散歩にも行けるんだよ。それでね、おばちゃんからシェリの散歩に行く時に、浩ちゃんと一緒にこの子もお散歩させてって言われたの。だから、明日から一緒にお散歩に連れて行こうね」

無邪気《むじゃき》に笑う美緒に、浩介が少し照れているのが分かった。

そうか、浩介は美緒を好きなのかもしれない。それを見抜《みぬ》いて、母さんは誕生日に子犬を美緒から渡すように頼《たの》んで、毎日一緒に散歩というおまけ付きのプレゼントなんだ。

そんなことを考えていた時、「美緒、渡せたの？」と栞《しおり》が玄関に顔を出した。

栞は美緒の姉で俺の同級生だ。当然、ガキの頃からの幼馴染《おさななじ》みという関係。

「あ、お姉ちゃん。明日から浩ちゃんと悠ちゃんも一緒にお散歩しようね」

「はっ？　俺も？」

俺は目を丸くして驚いた。なんで浩介の犬なのに……。

「私も毎朝美緒に付き合っているの。小学生だけで早朝に散歩なんて物騒《ぶっそう》じゃない。

悠介も行くの！」

栞は妹の美緒とは対照的に気が強いタイプで、まあ短気な俺と似たような性格だった。

「俺、朝練もあるから朝は無理だって」

「大丈夫、私もテニス部の朝練があるけど、犬の散歩はその前だから」

強引《ごういん》な栞に押《お》される形で、了承《りょうしょう》するしかなかった。

明日の家を出る時間だけ決めると、隣の姉妹は帰っていった。

ああ、きっとこれも母さんの差し金だな、と思った。

俺は何も言わなかったと思うけど、時々母さんは栞と仲良くやっているのかと聞いていたな。

多分、母さんには俺の気持ちもお見通しだったのだろう……。

「死んでもお節介《せっかい》なんだな」

そう呟くと、急に寂しさに襲《おそ》われた。

「今日はお母さんがいなくて……ダメな誕生日だったけど、お父さんも兄ちゃんも早く帰ってきてくれて嬉しかったよ、僕。部活が終わって兄ちゃんが帰るまで一人で待つことになるんだろうって思っていたから。だけど、兄ちゃんがすぐに帰ってきてくれて嬉しかったんだ」

抱いている子犬と同じようなつぶらな瞳《ひとみ》で浩介が俺を見た。

「でもさ、来年からは無理しなくていいんだよ」

その言葉が母さんのものと重なる……。

「来年もまた、部活休んでケーキ焼いて祝ってやるからな」

俺がそう言うと、浩介はきょとんとした不思議そうな顔をした。

「そんで、また無理して失敗して、やっぱり母さんがいないとダメな誕生日だって思うんだ」

浩介の頭をぐしゃぐしゃっと撫《な》でて俺はケラケラと笑った。

「だけど、無理して作っているうちに、俺だってケーキ作りも上達するよな。そしたら、無理しない誕生日を祝ってやれる日が来ると思う」

「うん……そうだね。楽しみにしている」

浩介が子犬の頭に頬《ほお》ずりしながら抱きしめた。

「でも、それはまだまだ先でいい……」

俺もまだ先でいいと思った。

今はまだ、母さんがいないとダメな誕生日でいい……と。

「無理しなくていいんだよ」

［ 5分後に癒されるラスト ］

Hand picked 5 minute short,
Literary gems to move and inspire you

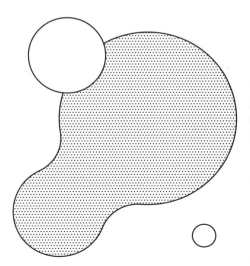

コンビニの猫

駒木

物心ついた頃《ころ》には、ボクはすでにひとりだった。

野良猫《のらねこ》だ。

自由気ままだけれど、そのぶんシビアでハードボイルドな日々を送っているのだ。

人間というやつはボクらみたいなのが好きなようで、ボクが座《すわ》っていると薄《うす》い板(『すまほ』というのだ)をこちらに向けたり、食べ物をちらつかせて懐柔《かいじゅう》しようとしたりする。

ボクは食べ物に釣《つ》られるような安い雄《おす》ではないが、あえて釣られたふりをして近づいてやる。サービスというやつだ。

たまに適当なヒトに自分から近づいて、ごはんをせしめることもある。女の人が狙《ねら》い目だ。ちょろいものよ。

大抵《たいてい》のヒトはボクみたいなのが好きだが、しかし中にはヤバいやつもいる。この見極めが意外にむずかしい。

仲間のトラはこの見極めを誤って、石を投げつけられたことがある。人のよさそうな中年男に近づいたときだった。幸いケガはなかったが、危ないやつもいるものだ。

野良猫であるボクは、こうした危険と隣《とな》り合わせの、スリリングな毎日を生きている。

最近、縄張《なわば》りの近くに新しくコンビニができた。

コンビニはいつも明るい。夜中でもすごく明るい。ボクにはまぶしすぎるくらいなのだが、ヒトは夜目がきかないのだ。

コンビニにはたくさんのヒトが来る。

車もたくさん来る。止まっている車はひなたぼっこにはいいが、動いているやつは危ないので、注意しなければいけない。

店の周りをうろうろしたりしていると、ヒトが寄ってきて、たまに食べ物をくれたりする。

でもボクは店の中には入らない。

はじめてコンビニに行ったとき、何も知らなかったボクは、優雅《ゆうが》な足取りで自動ドアをくぐった。

店の中はあたたかく、なんだか香《こう》ばしい、いい匂《にお》いがして、にぎやかだった。

ボクは分別のある野良猫なので、それはそれは行儀《ぎょうぎ》よく店内を闊歩《かっぽ》していたのだが、ボクに気づいた店員がすぐにボクを抱《かか》えあげた。そしてそのまま、ボクは外へ出されてしまった。

ボクは憤慨《ふんがい》したが、老猫のゲンさんが言うことには「人間はでりけぇとなので、エイセイメンにはうるさくてどうたらこうたら」ということらしい。

よくわからなかったが、ボクらは店に入ってはいけないらしい。

なので中には入らずに外にいるというわけだ。

ボクには最近、お気に入りのヒトがいる。

コンビニで働いている女の子。

名前はさくらちゃん。たぶん。他の店員がそう呼んでいた。店員は胸元に名札を付けているのだけれど、ボクにはヒトの字はまだ読めない。

さくらちゃんは高校生で、長い髪《かみ》をひとつにまとめている。その毛先がゆらゆらしているのを見るのが好きだ。

背筋が伸《の》びてて姿勢がよくて、いつも笑っている。

仕事が終わると、ボクと遊んでくれ……いやいや、ボクがさくらちゃんと遊んでやっているのだ。フフン。

さくらちゃんはボクをなでながら、ぽつぽつと話をする。

こうやってボクに悩《なや》みや愚痴《ぐち》を言うヒトはたまにいる。ヒトにはボクの言葉はわからないので、ボクはただ聞いてあげるだけ。

さくらちゃんには夢がある。

女優さんというのになりたいらしい。

春になったら、トーキョーへ行って女優さんの勉強をするのだそうだ。コンビニでバイトしているのも、トーキョーへ行くためのお金を貯《た》めるためらしい。

夢を語るさくらちゃんの目は、キラキラとしていて、でもどこか不安そうだった。

それにしてもトーキョーってどこだろう。遠いのかしら。

「今日でここのバイトも終わりなんだ。お前とも、バイバイだね」

ある日、さくらちゃんが言った。

まだ春になっていないのに、さくらちゃんはコンビニに来なくなってしまうらしい。

色々準備があるのだろう。大抵のヒトは、猫みたいにふらっといなくなったりはできないのだ。

その日、さくらちゃんはいつもより長くボクと遊んでいた。なにかぼんやり考えこんでいるようだった。

ボクを膝《ひざ》の上に乗せて、背中をなでていたさくらちゃんが、ぽつりと言った。

「……お前もわたしと一緒《いっしょ》に行く?」

それは、ボクもトーキョーとやらに来ないかというお誘《さそ》いか。

ボクはむむむと考える。

さくらちゃんのことは好きだ。誘いに乗って、一緒に新天地に行くのもいいかもしれない。

だけど、ボクはここでの生活が気に入っている。

それにさくらちゃんは、これから夢に向かって邁進《まいしん》しなければならないのだ。ボクにかまっているひまなんてないだろう。

そもそもこの誘いだって、きっと一時の気の迷いに過ぎないのだ。

ボクは彼女《かのじょ》の膝の上から、するりと下りた。さくらちゃんは少し悲しそうな顔をした。

ボクは彼女を見上げて鳴いた。

ヒトにも猫の言葉がわかればいいのにな。

ニャアニャア鳴くボクを見て、さくらちゃんはちょっとだけ笑って、あーあ、と天を仰《あお》いだ。

「フラレちゃったかぁ」

彼女は最後にボクの頭をひとなですると、すっくと立ち上がった。

「じゃあね。わたし、がんばるよ。元気でね」

そうして、いつものようにしゃんと背を伸ばして歩き出した。

ボクは彼女の髪がゆらゆら揺《ゆ》れるのを、じっと見送った。


その日、ボクは夢を見た。

綺麗《きれい》な服を着たさくらちゃんが、たくさんのヒトたちに囲まれて、ぴかぴかまぶしい光を浴びている夢。

女優さんがどんなものかはよくわからないけど、きっとああいうふうに、まぶしいところにいるものなのだ。


コンビニに新しくやってきたバイトは、高校生の男の子だった。名前はまだ知らない。

さくらちゃんと違《ちが》って姿勢がよくないし、覇気《はき》もない。

しかしどうやら猫好きのようで、ボクにかまってほしいのか、ちょっかいをかけてくる。かわいいものよ。

コンビニには今日もたくさんのヒトが来る。

ボクはそれを横目に見ながら、今日もまた、シビアでハードボイルドな日々を送るのだ。

［ 5分後に癒されるラスト ］

Hand picked 5 minute short,
Literary gems to move and inspire you

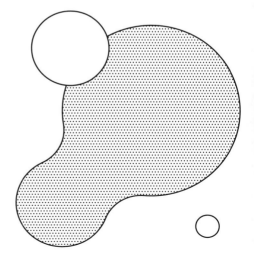

花が舞う

kaku

今日、母は朝から機嫌《きげん》が悪かった。原因は、わかっている。

昨日父とケンカをしたからだ。

昨日の夜。

母は、久しぶりに学生時代の部活仲間から声をかけられて、ボクシングの練習に出かけていた。

最近は仕事がひと段落して、夕方には帰ることができるようになったからと、本当に数ヶ月ぶりにボクシングの練習ができた母は、満面の笑顔で私を学校まで迎《むか》えに来た。

『楽しかったわー』

とにこにこ顔で車を運転する母は、かなりすっきりした表情をしていて、私ですらわかるぐらいにご機嫌だった。

日頃《ひごろ》は、介護をして働きながら、専門学生の兄や高校生の私の弁当を作るために朝早く起きて、まだ小学生の妹のために、「お風呂《ふろ》は入ったの?」「宿題はしたの?」と細々と世話を焼いている母だったから、自分のためにボクシングをする時間が持てたことが、とてもうれしかったのだろう。

私も、「楽しかったんだなー」と思いながら、喜色満面の母を見るのは楽しかった。

これだったら、この間からおねだりしているスマホ買い替《か》えもスムーズに行くかもしれない、と思っていた。

しかし、そんな母の笑顔をぶちこわしてくれたのが、父だった。

『どこに行っていたんだ、お前は』

母と私が帰るなり、父はそう言い放った。

『家族のことも、放っておいて』

『夕飯の用意はしてあったでしょ？　今日は安浦《やすうら》君に誘《さそ》われてボクシングの練習に行くって言っていたじゃない』と、父も知っているらしい同級生の名前を出して母は言った。

『俺《おれ》は聞いていない！』

『言ったわよ、昨日。まちがいなく、言いました』
『言っていたな、おふくろ』
玄関《げんかん》先で話していた父と母の会話を聞いた兄が、通りがかりにそんなことを言う。
おいおいおいおいおい、と私は兄に突《つ》っ込《こ》みたかった。
そんなことをしたら、意地っ張りの父は、意固地になってしまう。
『煩《うるさ》いな！　とにかくお前は、そんなところに行かなくていいんだ‼』
案の定、父はそう叫《さけ》んだ。
『何で？　それは私が決めることであって、あなたが決めることじゃあないでしよ？』
夫婦喧嘩《げんか》、勃発《ぼっぱつ》である。
母も父に負けずに言い返す。
一歩下がって従う？　何それ、おいしいの？　の人なので、負けちゃあいない。
『黙《だま》れ！』
『嫌《いや》よ。黙りません』

あちゃーと思っていると、兄が来い来いと私を手招きした。

『早くご飯食べちまいな。こうなると、当分終わんないしな』

『それわかっているんなら、ちゃちゃ入れないでよ』

『どちらにしろ、夫婦喧嘩になるんだったら、誤解は解いておいた方がいいだろう?』

『だからって、火に油を注いでどうするのよ!!』

『まあ、そのうち終わるって』

兄はそう言うと、くいっと指で私に台所に行くように示した。

私としても、お腹《なか》は減っているし、玄関で父と母がケンカをしている声を聞きたくはなかった。

『まあ、親父《おやじ》の気持ちもわかるけどな』

私と一緒《いっしょ》に家の奥《おく》に入りながら、兄は言った。

『え? 単なる難癖《なんくせ》じゃない』

だけど、私には兄の言葉の意味が全然わからなかった。

父は、自分はよく出かけていた。寄り会だ、同じ仕事の集まりだと、毎週のように飲みに出かけているくせに、めずらしく母が出かけようとすると、難癖をつける。はっきり言って、性格が悪い、と私は思っていた。

でも、兄は私の言葉を聞くと、

『だから、お前は彼氏《かれし》ができないんだよ』

と失礼極まりない発言をしてくださった。

『微妙《びみょう》な男心がわかっていないな』

そう言って笑う兄を見て、別にわからなくていい、と私は思った。

私に言わせれば、父は我《わ》がままを言っているだけだ。

自分のことは棚《たな》に上げて、文句を言っている。

まるで、子どものようだ。

それも、小さい子どもが駄々《だだ》をこねているような。

あれが自分の父親だと思うと、情けなさにため息も出ない。

何であんな男を、母は選んだのか。男を見る目がなかったのかな、と私はご飯を食べながら思った。
玄関でのケンカの声は、なかなか収まらなかった。
そうして、一日経《た》った今日。
母の機嫌は、朝からめちゃくちゃ悪かった。
『お父さん、最低』
そんな母を見て、妹が父に文句を言ってくれた。
三人兄弟の末っ子である妹には、父もメチャクチャに甘《あま》い。
妹に文句を言われた父は、それでもしかめっ面《つら》で仕事へと出かけていった。
んでもって、母も不機嫌オーラ丸出しで私を高校まで送って、仕事に向かった。
こりゃ今日の帰りも不機嫌なのかな、と思っていたら。
「お帰り、琴葉《ことは》」
私がいつもの待ち合わせ場所である、学校の前の駐車場《ちゆうしやじよう》に行くと、母は笑顔で、
私を迎え入れた。
「……ただいま」

そこには、今朝とはぜんぜん仕様の違《ちが》う母がいた。

「……どうしたの、お母さん」

今朝、確かに母の頭の上には、鉄拳《てっけん》マークが飛んでいた。

けれど、今の母の頭の上には、花が飛んでいる。

ニマニマというか、クフクフというか、そんな笑い方になっている。

そうして、私の言葉に、母はふふふっーんといった感じで笑った。

はっきり言って、不気味だ。

と、その時だった。

いつもダッシュボードの上に置いてある母の携帯《けいたい》が鳴った。

「出てごらん、琴葉」

母は、笑いながら携帯を指差す。

私はけげんに思いながらも、助手席に座《すわ》って、携帯を手に取った。

「はい」

『違うからな!』

携帯に出ると、いきなり、父の声が聞こえた。

「父さん!?」

だが、父は何も答えず、ガッチャン！と通話を切った。

思わず、「はい?」となった。

頭がクエスチョンマークだらけになりながら母を見ると、母は爆笑《ばくしょう》していた。

「お母……さん?」

「もうね、メールを送ってからずっとこうなの」

そうして、母は笑いながら説明した。

頭に鉄拳マークを背負ったまま仕事に行った母は、昼休み、『どうしたんですか?』と仕事仲間達に話しかけられたのをいいことに、父の横暴さを暴露《ばくろ》しつつ愚《ぐ》痴《ち》ったらしい。

しかし、年若い仕事仲間の女性が、

『旦那《だんな》さんとラブラブなんですね、いいなー』と言い放ったのだ。

この言葉に、母は固まったらしい。

ちょっと息抜《いきぬ》きに行ったぐらいでケチをつけられて、どこがラブラブなのか、と。

『だって、焼きもちじゃないですか、それ。旦那さん、自分以外の男と楽しんできたって思って、怒《おこ》っちゃったんですよ』

けれど、その女性はそう言葉を続けて、母はさらに衝撃《しょうげき》を受けたらしい。

そうなの？　と思いながら周りを見ると、

『かわいい旦那さんねー』

『うちなんか、私が何しても関心すらないわよ』

と周りの仕事仲間もうんうんと頷《うなず》く。

半信半疑になった母は、父にメールをしたらしい。

『昨日のあれ、焼きもちだった？』

それは、見事な直球メールだった。

『違うからな！』

という返事が、これまた仕事中のはずの父からすぐに来たらしいが、

「仕事中なのに、一時間ごとに来るのよ、そのメール！」

爆笑する母はうれしそうだった。

「で、仕事が終わったら、さっきみたいに電話してくるの。もうね、笑いが止まらなくって止まらなくって」

母がそう話しているうちに、また携帯が鳴った。

画面を見ると、父からだった。

「はい」

『違うからな！』

またしても、父はそう言った。

「とりあえず、父さんがツンデレなのは、よくわかったから」

切れる前にと思ってそう言ったけれど、父は聞いていないようで、またしてもぶつんっと通話は切れた。

母の方を見ると、またしても爆笑している。

それと同時に、頭に花が舞《ま》っていた。

「夫婦喧嘩は犬も食わない」そんなことわざが頭に浮《う》かんだ。

そうして、「砂を吐《は》く」という言葉の実体験をさせられた気になった。

「やっぱり気付かなかったか」

家に帰った後。母が帰って早々、どどどっと玄関に出て来て、「違うからな！」と言い放つ父と、にまにまと笑いながらそれに頷く母を見ながら、兄がそう言った。

「お兄ちゃんは、気付いていたの？」

私がそう聞くと、

「そりゃまあ、同じ男ですから」

と兄は頷いた。

「だけど、おふくろもお前達も全然気が付かないとはな。お前達、女子力だいじょうぶか？」

「はあああい!?」

「男の微妙な気持ちを察する力がないと、恋愛《れんあい》できないぞ。おふくろの場合は、奇《き》跡的《せきてき》に親父がいたが、お前達にはそんなのいないだろ」

「うるさいわっっっ」

微妙な女心がわからない男達に言われたくはない、と思って私は叫んだけれど。

若干《じゃっかん》、兄の言葉には不安を抱《いだ》きつつもある。

とりあえず、母の仕事仲間の人達のように、男の焼きもちは察知できるようになりたい、と思った。

［ 5分後に癒されるラスト ］

Hand picked 5 minute short,
Literary gems to move and inspire you

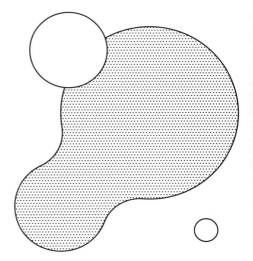

うちの父娘《おやこ》

イム＊

うちの庭には桜の木が植えてある。背丈《せたけ》は二メートルほどの小さな桜。春になるとポツリポツリと花を咲《さ》かせる。

父と二人暮らしには広すぎる三階建ての一軒家《いっけんや》。一階はキッチンとリビングダイニング、二階は水回りに父の寝室《しんしつ》と一部屋丸ごと洗濯《せんたく》物干し場。三階が私の部屋と空き部屋。恐《おそ》らくもう二人か三人は住めるだろう。両親が結婚《けっこん》を機にこの家を購入《こうにゅう》したときには、これから増えていく家族のことを思っていたんだと思う。

母が死んだのは私が生まれて数日後のことだった。健康が自慢《じまん》の母のまさかの急死。父はその時の記憶《きおく》がほとんどないという。母の葬儀《そうぎ》の時はずっと私を抱《だ》いたままロボットみたいに淡々《たんたん》と喪主《もしゅ》を務めていたらしい。

それからしばらくは母の実家に住んでいた。日中は祖母に見てもらい、父は仕事から帰ったらずっと私につきっきりだったそうだ。夜泣きする私を父はごめんな、ごめんなと言ってあやしていたと祖母から聞いた。なんで謝《あやま》っていたんだろうと祖母に聞いたら、きっとお母さんがいないからよと泣いた。

物心ついた頃《ころ》にこの家に帰ってきた。古かった母の実家とは違《ちが》い、白い壁《かべ》とどこまでも続く階段が、まるでお城のようだった。あの頃はまだ小さかったから。でも保育園に通う頃はただ寝《ね》に帰る家だった。私を保育園へ預け、迎《むか》えは祖母が行い、父が帰ってくるまで実家で過ごす。祖父母が協力してくれなかったら、きっと苦しい生活だったんだろう。

小学校の頃も似たようなものだった。しかし色んな知識が身に付いてきて、だんだん自分の家が嫌《きら》いになった。必要最低限の家具や家電しかなく、殺風景。無駄《むだ》に広くて寒くて、庭には一本の小さな桜の木と、生前母が手掛《てが》けていた植木鉢《うえきばち》が枯《か》れたまま並んでいる。

それに比べて祖母の家には物珍《ものめずら》しいものが沢山《たくさん》あった。季節ごとに変える食器やインテリア。刺繍《ししゅう》や編み物に端切《はぎ》れで作ったパッチワークのカバー。庭には沢山の花が植えられており、女心をくすぐるものが多かった。

休日は祖父母と出かけることが多く、すっかりおばあちゃん子になった私にとって父は「家にあまりいない人」「仕事をしている人」だった。

私たち親子の様子を見かねた祖母は、私たちに交換日記《こうかん》を始めるように勧《すす》めた。変哲《へんてつ》もないノートを渡《わた》され最初は私の番。当時学校ではポケモンが流行《はや》っていた。男子だけではなく女子の間でも話題になっており、私も欲しかった。父が財布を握《にぎ》っているのは知っている。

『ニンテンドーＤＳとポケモンのソフトが欲しいです。』

ただ、それだけを書いて寝た。翌日起きると枕元《まくらもと》にノートが置いてあった。早速開いてみると続きにこう書いてあった。

『こんばんは、お父さんです。学校は楽しいですか？　にんじんは食べられるようになりましたか？　さて、ポケモンの件ですが、お父さんが知るポケモンはゲームボーイのソフトです。ニンテンドーＤＳは知りません。どうして欲しいのか理由を教えてください。』

その横には下手くそなピカチュウが描《えが》いてあった。私は驚《おどろ》いた。ゲームひとつで難題を押《お》し付けられた。欲しいから欲しいんじゃん。

馬鹿馬鹿《ばか》しくなって数日間ノートをほったらかしにした。しかし学校ではやはりポケモン話でもちきり。かろうじてアニメでついていけるがそろそろ限界。仕方なくノートを手に取り祖母の元へ行った。父が納得するような内容を書くためだ。

『お父さんこんにちは。にんじんはずっと食べてます。学校はポケモンの話についていけず少し楽しくないです。』

それだけだと押しが弱いと祖母が言うのでさらに書き足した。

『私がなぜゲームが欲しいかというと、自分のポケモンが欲しいからです。お父さんの知っているポケモンと比べて種類がたくさん増えました。かわいいポケモンもたくさんいます。私だけのポケモンが欲しいのです。よろしくお願いします。』

これで完璧《かんぺき》だ、と祖母と顔を見合わせた。明日の朝が楽しみだった。

その日はなかなか寝付けず、父が帰宅するまで起きていた。様子を見にきた父に気づかれないようたぬき寝入りをした。数十分後再び父が来てノートを置いていった。

すぐにでも電気をつけて確認したかったけど、ばれてしまうと恥《は》ずかしいので朝を待った。


翌朝、私の期待は裏切られた。

『こんばんは。おばあちゃんから聞きました。にんじんをポテトサラダに入れるようになって食べられるようになったそうですね。

さて、あなたの熱意はわかりました。お父さんも昔とある漫画《まんが》の話題でついていけず、苦労したのを思い出しました。ポケモンについては前向きに考えましょう。

しかしここで問題があります。ゲームをする時間が増えるということは勉強をする時間が減ってしまいます。それについての解決策を述べなさい。』

そこにはまた下手くそなピカチュウが添《そ》えてあった。

面倒《めんどう》くさい。けどあと一歩のところまで来たのだ。ここでまた祖母に力を借りた。

『こんにちは。宿題は家に帰ってすぐにしています。おばあちゃんが商人です。ゲームの時間は宿題が終わってから一時間にします。そのあとはおばあちゃんのお手伝いもします。よろしくお願いいたします。』

祖母に相談したせいで不本意な一文を入れる羽目になったがこれで完璧だろう。父の反応を待った。

『こんばんは。おばあちゃんから宿題について確認が取れました。わかりました。次の日曜日に買いに行きましょう。

ところで字の間違いがありました。商人ではなく証人です。これからはわからない字があったら辞書で調べましょう。あなたのご活躍《かつやく》をお祈《いの》りしています。』

そこには笑顔の、下手くそなピカチュウがいた。誤字については失敗したが日曜日には念願のポケモンが手に入る。私は素直《すなお》に喜んだ。


その後も交換日記は続いた。学校のことや会社のこと、友達とのやり取りや面倒な後輩《こうはい》のこと。

欲しいものがあればポケモンの時と同様のやり取りをした。さすがにコツをつかんだ私はポイントを押さえながら書けるようになった。

これは父の思惑《おもわく》なのかもしれないが、書いているうちに本当に欲しいのかどうか見極められるようになった。衝動的《しょうどうてき》に欲しいと思ったものほど理由が思い浮《う》かばず、本当に欲しいものは手に入った後も長く大事に使った。


中学校に上がると私は自分の家で過ごすことが増えた。周りは反抗期《はんこうき》で親の愚痴《ぐち》ばかり言っていた。

私はどちらかというとお節介《せっかい》な祖父母をうっとうしく思った。交換日記にそれを書くと父は諫《いさ》めながらもこう書いてきた。

『お父さんも広島のおじいちゃんが大嫌いな時期がありました。でもそれはお父さんが大人に近づくにつれて出来ることが増えてうっとうしくなったからだと今は思います。

決して忘れてはいけないのは、おじいちゃんもおばあちゃんもあなたの為《ため》を思って言っているということ。二人ともあなたの何倍も、それに今よりもっと大変な時代を生きてきました。だから色々と言いたくなるのでしょう。

でも無視をしたり黙《だま》っていてもあなたのイライラは晴れません。あなたの思いを二人にきちんと伝えましょう。言いにくければこういう風に文字にして伝えてみてはどうでしょう。そうすればあなたがもう子供じゃないということが伝わって、二人も変わるのではないでしょうか。』


私と父の関係は不思議なものだった。会うのは朝の数十分と私が勉強で遅《おそ》くまで起きているときくらい。祖母からある程度家事を習ったのと、お惣菜《そうざい》を分けてもらったりしているので私たちの生活は滞《とどこお》りなく送られた。

私は庭の手入れを始めた。これも祖母に教えてもらった。古い土は天日干しにして新しい土を混ぜた。埃《ほこり》だらけになった鉢もきれいに洗い、ホームセンターで多年草を買って庭に並べた。桜の木は毎年父が消毒したりしていたが、剪定《せんてい》するのは忍《しの》びないということでのびのび育っていた。

この桜は母が妊娠《にんしん》中に植えたものだ。それも交換日記に書いてあった。

『お母さんは花が大好きでした。庭付きの家にしたのもそれが理由です。しかし私は花に対して無頓着《むとんちゃく》でお母さんの花を枯らしてしまい、下手に手を出すのはやめました。あなたがこうして手入れをしているのを見るとお母さんを思い出します。おばあちゃんからお母さんに伝わったように、あなたにも伝わっているのですね。』

私は母を知らない。でもこうして草花と触《ふ》れることで母を感じた。

ある日曜日、私はいつも通り一通りの家事を終え、庭の掃除《そうじ》をしていた。父もいつも通り昼前になって起きてきた。パジャマ姿のまま自分でコーヒーを淹《い》れ、テレビのチャンネルで遊ぶ。

「また桜伸《の》びた?」

珍しく私に声をかけた。

「うん、下の方に新しい枝が伸びてる。不格好だから切りたいんだけど」

「その桜も十八年か」

父はぼんやりと桜を眺《なが》めていた。

私はこの春大学進学でこの家を出る。多分咲く時期にはもういないと思う。

「桜もお前も、しっかり育ってくれたなあ」

そう言うと父はいつものように横になった。


『こんばんは。明日であなたと過ごすのも最後ですね。受験勉強、本当にお疲《つか》れさまでした。重々承知とは思いますが、合格がゴールではありません。今日まで過ごした日々はもちろん、これから出会う様々なものがあなたという人間を磨《みが》き上げていくことでしょう。

あなたは私の自慢《じまん》の娘《むすめ》です。あなたのことを私は大変誇《ほこ》りに思っています。

しかしながら、私の中で一つの後悔《こうかい》があります。私はきちんとあなたのお父さんでいられたかどうか。

交換日記の内容を読み返すと、自分で笑ってしまうのです。一丁前のことを言っているけど、あなたと過ごす時間は少なかった。

おじいちゃんとおばあちゃんの手助けに甘《あま》えてしまっているのに、こんなことを言えた立場なのかと。きっと二人の方があなたのことをよく知っていることでしょう。

しかしこれを通じてあなたの成長や変化を感じ取ることができました。それは大変嬉《うれ》しいことで仕事に対する励《はげ》みにもなりました。

ありがとう。

そして、勝手なことばかり言ってごめんなさい。

今日でこの交換日記も最後ですね。楽しみが減ってしまってさみしいので、あなたが使わなくなったニンテンドーＤＳを貸していただけないでしょうか？　私も昔ははまっていました。あなたが夢中になっている姿を見てうらやましくなったのです。私からの最後のお願いです。

いや、本当の最後のお願いは、あなたが幸せに健やかに過ごしていくことです。

いつでもあなたのことを大切に思っています。』

そこには躍動感《やくどうかん》のある元気いっぱいのピカチュウが描かれていた。毎回必ず添えてあり、何年も描き続けて、今はすっかり上手になった。

私もそんな父の成長を目の当たりにしていた。これが他ならぬ、父が私の父である証拠《しょうこ》だ。

「ねえ、お父さん。ケータイ貸して」

「ん?」

「私のメアド入れといてあげる。ショートメールと違って長い文章送れるから」


家を出て数日後、父からのメールが届いた。

『メエルから始めまして今日桜が咲きましたのでお知らせします携帯《けいたい》電話で写真は取れたのですが送り方が分かりません明日お店で聞いてきます。』

誤字だらけのメールだった。辞書を引けとは言わない。父の不器用さの指標がピカチュウからメールに変わった。

『こんばんは。大学の桜も満開でとても綺麗《きれい》です。お父さんからのメール、楽しみにしています。』

［ 5分後に癒されるラスト ］

Hand picked 5 minute short,
Literary gems to move and inspire you

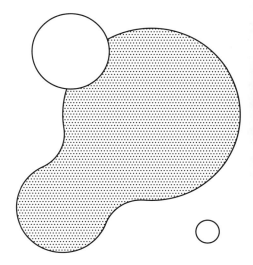

グランマ!!

蝦夷雪ひつじ

こんにちは、ようこそ！
初めてのお客様ね、嬉《うれ》しいわ。
どうぞ、お好きなところに掛《か》けて。
お店のふぇいすぶっくを？
ありがとう。
なんだか恥《は》ずかしいわね。
だってこんなおばあちゃんが投稿《とうこう》してるだなんて、うふふ。
そうなの、お身体《からだ》に合わせたハーブティーをお出ししてるのよ。
まあ……心がお疲《つか》れなのね。
林檎《りんご》のような甘《あま》い香《かお》りのティーはいかが？
カモミールにオレンジピール、優しいリンデンも加えましょうか。
そうそう、もうすぐシナモンのクッキーも焼きあがるのよ。
ほら、オーブンからいい香り。

きっと気にいるわ！
ぜひ召《め》し上がっていって！
また写真を撮《と》らないとね。
ええ、あっぷするのよ。
ふふ、孫が教えてくれたの。
クッキーが焼けるまで、おばあちゃんのお話につき合ってくれる？
そう、孫に教えてもらった幸せのお話よ……。

わたしね、機械音痴《おんち》なのよ。
おばあちゃんだから仕方ないでしょう？
だって、テレビも家にない時代だもの。
でもね、昔の方が心が裕福《ゆうふく》だったんじゃないかって、そう思っていたの。
つい最近までね。
そんなわたしも、すまあとほんを持っているのよ。

ええそう、すまほなんて呼び名だったかしらね。
もう難しくって！
だから宝の持ち腐《ぐさ》れなんだけれど、高校生の孫がね、めえるをくれるの。
それが嬉しくって、必死に覚えたわ。
不思議なの。
普段《ふだん》と違《ちが》ってめえるの杏《あん》ちゃん……ああ、孫の名前ね。
杏ちゃんがなんだか少し大人で、素直《すなお》で、うふふっ。
でね。
めえるだけでも四苦八苦だったのに、杏ちゃんたらこう言うのよ？
「おばあちゃんもフェイスブックでお店の紹介《しょうかい》しようよ」
なんのことだかさっぱりでしょう？
わたしに老眼鏡を掛けさせて、一生懸命《いっしょうけんめい》見せるのよ。
自分のすまほの画面をね。
じんわりと滲《にじ》んだ夕焼けが、窓辺のカーテンを染めていって。

杏ちゃんがお店に遊びに来てくれたのは、そんな時間だったわねぇ。

うふふ、学校帰りだからきっとお腹《なか》が空《す》いてたのね。

ローズマリーとベーコンのスコーンを口いっぱいに頬張《ほおば》って。

喉《のど》が詰《つ》まりそうになっては、爽《さわ》やかなペパーミントアイスティーを飲んでいたわ。

「ふぇいす？　それなぁに？」

「聞いたことない？　ほら、こうやって写真アップして。美味《おい》しそうでしょ？　行ってみたくなるでしょ？　見て見て！　近所のパンダ飯店もあるよ！　これ、前食べた中華丼《ちゅうかどん》だね」

あら、ほんと！　なんて、眺《なが》めていたけれど。

こういうのってプライバシーがどうしたとか、詐欺《さぎ》にあったとか、よくお昼のワイドショーで特集されているのと違うのかしら。

なんにも知らないおばあちゃんには、ちょっと怖《こわ》いじゃない？

「杏ちゃん、こんなのわたしには難しいわ」

「大丈夫《だいじょうぶ》だよ！　意外と簡単に出来るから。杏のも見る？」

「えっ？　杏ちゃんのお写真があるの？」

ほんと孫の可愛《かわい》い姿には、やられちゃうのよね。

「まあ！　これ花火大会ね。杏ちゃんが、いっちばん浴衣《ゆかた》似合ってる！　こっちは、学校ね。あら？　これは……」

ピントを合わせるのも一苦労なのよ。

でもすぐに知っている場所だってわかったわ。

爽やかな香りが閉じ込《こ》められた紫《むらさき》の穂《ほ》や、小さくって可愛らしい薄桃《うすもも》色の蕾《つぼみ》。

まだ瑞々《みずみず》しいその花々の茎《くき》は麻紐《あさひも》で結わえてあって、天井《てんじょう》の白い木枠《きわく》から吊《つ》り下げられているの。

ええ、そうよ！

このお店だったのよ。

杏ちゃんたらいつの間に撮ってたのかしら。

ほら、今はもうドライフラワーに生まれ変わっているわ。

それからね、あのドアの横で咲《さ》いているハーブの寄せ植えのお写真もあったの。

咲いたばかりのジャーマンカモミールも綺麗《きれい》に写してくれていたわ。

真ん中のふっくらしたまあるい黄色を囲む、白くて小さな花びら。

レモンバームとタイムのグリーンも素敵でしょう？

「この間の美味しかった、カモミールミルクティーも紹介したんだ」

「どぉれ？」

覗《のぞ》き込んで見たらね、『おばあちゃんのお店で飲んだ、ハチミツたっぷりの甘いカモミールミルクティー』ですって！

今のお写真って本当に綺麗よね。

ほんのり黄色を残したミルクティーは、あの日の杏ちゃんのとびっきりの笑顔まで思い出させてくれたわ。

嬉しくって目を細めて眺めていたら、ふと気づいたの。

お写真の下にね、何かあるじゃない？

「杏ちゃん、これはなぁに？」

「これはね、杏の写真を見たり共感してくれた友達が『いいね！』って言ってくれてる数。コメントもくれるんだよ」

「まあ！　杏ちゃん、お友達が沢山《たくさん》いるのね。これがこめんと？　あらあら、『超《ちょう》美味しそう！』、『私も飲んでみたい』ですって！　嬉しいわぁ」

「ここにね、お店の定休日とかハーブ教室の日程を書いておいたら、お客さんがチェック出来るじゃない？　杏のクラスでもフェイスブック使ってる子多いし、お客さんにもいっぱいいると思うんだ」

「それは便利そうね。最近は若い子もお店に来てくれるけれど……」

「でしょ？　私、おばあちゃんのお店とハーブが大好き。もっとみんなに広めたいの！」

「杏ちゃんの気持ちはとっても嬉しいわ。そうねぇ……でもねぇ」

この歳《とし》になると、なかなか飛び込めないのよ。

せっかく杏ちゃんが勧《すす》めてくれたのにね、断っちゃったの。

残念そうな曇《くも》り顔《がお》。

「やっぱり不安だよね。いいのいいの、気にしないで！」って、寂《さび》しそうな笑顔に胸が痛くなったわ。

それから少ししてね、ハーブのお教室の時のことよ。

その日はタッジー・マッジーをみんなで作ったわ。

ハーブで作る小さな香りの花束のことよ。

昔のヨーロッパではね、花言葉に想《おも》いを込めてタッジー・マッジーを恋人《こいびと》に贈《おく》るだなんて、それは素敵な風習があったの。

「まあまあ！　みなさん、とっても素晴らしい出来映《ば》えだわ‼」

「先生ったら褒《ほ》めすぎ！　でも楽しかったし、やっぱり香りに癒《いや》されちゃう。さて、この力作を写真に収めないと！」

「あっ、私も撮る！　先生の素敵な見本も一緒に並べて撮ってもいいですか？」

「えっ？　ええ、もちろんよ」

わたし、杏ちゃんに教えられなければ、疑問にも感じなかったのね。

みなさん、いつも作品のお写真を撮っているの。

これってもしかして？

「そうなんです！　私、フェイスブックユーザーで。教室のこととか作品を投稿しているんです」

「私も！　先生のところで作った作品、凄《すご》く評判いいですよ！　この間、一緒に来た友達も私が投稿した写真見て興味持ったって」

「そうだったの？　わたしったら世間知らずね」

「そんな！　私も最初はよくわからなかったけど、今では投稿するのが楽しくて。自分のお気に入りを伝えて、それが広がればいいなんて」

なんだか昔を思い出したわ。

今は天国にいる主人にね、初めてわたしが大好きなカモミールティーを淹《い》れた時のことよ。

『不思議だな。心が安らぐ優しい香りと味がする。こんなに温まる茶を飲んだのは初めてだ』

わたし、それを聞いて決心したの。

たくさんの人にもっとハーブを知ってもらおうって。

心が穏《おだ》やかで温かくなる、そんなお店を出そうって。


昔も今も。

タッジー・マッジーも、インクで綴《つづ》った恋文も。

伝えたい想いは一緒よね。

変わってしまっていたのは、わたしの心。


そうよ、おばあちゃんだからって立ち止まるのはただの言い訳。

あの頃《ころ》のわたしならきっとこう言うわ。

『大好きなハーブの魅力《みりょく》をもっと伝えられるだなんて!!　なんて素晴らしい繫《つな》がりなの！』


それからね。

杏ちゃんが覚えの悪いわたしに一生懸命教えてくれて。

初めての投稿は一緒にしてもらったわ。

まあ！

見てくれたのね、ありがとう。

そう、カモミールティーを撮ったの。

杏ちゃんと主人の、幸せな思い出がいっぱいのハーブティーよ。

お店に来てくれるお客様から『いいね！』を頂いて、またそのお友達からもこめんとがあったりね！

こんな風に輪が広がっていくなんて、胸が高鳴ったわ！

あら？

わたしったらお喋《しゃべ》りね。

シナモンクッキーが焼き上がったみたい。

さあ、心温まるハーブティーと一緒にぜひ召し上がって！

お写真を?
うふふ、もちろんよ、ありがとう。

［5分後に癒されるラスト］

Hand picked 5 minute short,
Literary gems to move and inspire you

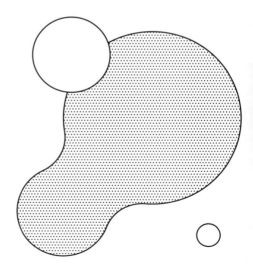

to be サンタクロース

千秋蛍戌都

あと数時間もすれば、完全に日が落ち、クリスマス・イブの夜がはじまる。

ここはクリスマスプレゼントを用意するための工場で、今は配達準備におわれるサンタクロースでごった返している。

ちなみにサンタクロースは12月24日に目立ちすぎているだけで、他の日だって遊んでいるわけじゃない。

そんな余裕《よゆう》はないのだ。

毎年、クリスマスが終わり、年が明けるころには、次の年にプレゼントを渡《わた》す子どもをリストにまとめはじめる。

それから何をあげればいいのかリサーチする。工場の奥《おく》には子どもたち一人ひとりが普段《ふだん》どんなことをしているのか、何に興味があるのか、情報が自動的に更新《こうしん》される本が並ぶ図書館がある。詳《くわ》しく調べるなら、山ほど送られてくるリクエストの手紙よりもこれが便利だ。

プレゼントが決まれば、あとはひたすら機械が歯車を回してくれる。

こんなことをしている合間にも、サンタクロースはトレーニングを欠かさない。一晩中重たいプレゼントを持って煙突《えんとつ》を昇《のぼ》り降りするために、体力は必要不可欠だもの。

これは全部、サンタクロースになるために今日まで学んできたことだ。僕《ぼく》は授業の内容をまとめたノートを閉じた。

工場の真ん中には、大きな機械が立ち並びフル稼動《かどう》している。

ぬいぐるみやサッカーボール、ヒーローのコスチュームなどが次々と吐《は》き出される中、そのすぐそばで、歳《とし》をとったサンタクロースがプレゼントの仕分けをしていた。

「これはA－856番のソリまで運んでくれ！」

僕は自分のソリ番号が呼ばれるのを待った。

「リストをよく見ろ！　この子はチョコレートとマカロンじゃないぞ。チョコレート味のマカロンだ！　急いで作り直せ！」

その次は、吐き出し口から何かが詰《つ》まりながら無理矢理押《お》し出されてきた。

「なんだ。この大きな鉄の塊《かたまり》は！　車です？　まだ歩けないような赤ん坊《ぼう》に贈《おく》ってどうする！　ミニカーを用意しろ！」

スクラップされた車は、すぐにたくさんのサンタクロースの手で運び出されていった。

「次、赤い自転車！　C－２０９３番のソリ！」

「僕だ！」

番号を呼ぶ声の方へと急いで向かう。

「君は見習いか。プレゼントはこれで最後？」

僕の服の胸についている星のバッジを見ながら、歳をとったサンタクロースがたずねた。

「はい」

答えると補助輪付きの自転車を渡される。

「出発前にもう一度よくプレゼントがそろっているか確認しておきなさい。試験頑《がん》張《ば》るんだよ」

「任せてよ。ばっちりだ」

僕は自信満々に答えた。

ここにいるのは、大人も子どももサンタクロースかその見習いだ。

僕の胸で光る星のバッジが見習いの証《あかし》。

筆記試験と体力試験をクリアして、実技試験に合格すれば、本物のサンタクロースになれる。僕の実技試験が行われるのは、まさに今夜だった。

僕は、最後の積み荷の確認をするため、自転車を抱《かか》えると工場を出てすぐ近くにあるソリ置き場に向かった。

「エル。あとちょっとで出発だ」

ソリにプレゼントを積みながら、今夜僕と一緒《いっしょ》に出発するトナカイのエルに声をかける。

「ああ、リトルサンタ。準備はできた?」

「夜が明けるころには、僕は立派なサンタクロースだよ。リトルサンタなんて呼べるのは今だけだからね」

「そいつは頼《たの》もしいや」

エルが笑った。

「自信はあるよ。授業の内容は頭に入ってるし、プレゼントの準備だって完璧《かんぺき》。だってもう十回はリストの内容と照らし合わせたんだから」

プレゼントの配達リストをパラパラとめくった。

子どもの名前と住所に沿って、贈るものがきれいにまとめてある。

「頑張るんだよ。焦《あせ》らずやれば大丈夫《だいじょうぶ》」

「うん。ありがとう」

建物中に大きな鐘《かね》の音が鳴り響《ひび》いた。

「もう集合時間だ。またあとで」

僕はソリ置き場を後にした。


工場の真ん中にサンタクロースが全員集められた。

「諸君。準備は整ったかね?」

この工場で一番えらい、真白なヒゲがふさふさしているベテランサンタクロースが前に立って話しはじめた。

「今年もこの日がやってきた。どんな寝《ね》ぼすけな子も、一年で最も朝が待ち遠しい夜になる。その期待に応えるためにも、プレゼントを間違《まちが》えないように気をつけて。ああ、そうそう。それから絶対に子どもたちに姿を見られてはいけないよ。サンタクロースは子どもを喜ばせるために、常に影として存在するのだからね。あと、毎年すべってケガする人がいるから雪には注意するように。さて、見習いの子たちはバッジをつけたかい?」

僕は自分の胸で光るバッジを確認した。

「さて、そろそろ試験の説明をしよう。簡単さ。ただサンタクロースとしての仕事を全うすればいい。君たちが今日まで学んできたことを大いに発揮してサンタクロースとして振《ふ》る舞《ま》うんだ。試験時間は日の出まで。全てのプレゼントを配達し、ここへ戻《もど》ってくること。試験の様子はここから私がチェックする」

大きなモニターに僕らが映し出されたと思ったら、次々といろんな街や村の映像に切り替《か》わった。

「それでは各自健闘《けんとう》を祈《いの》る。全ての子どもの幸せのために」

「全ての子どもの幸せのために！」

サンタクロース全員で復唱して、それからみんなでソリ置き場に向かった。

ソリの具合をみたりする人もいたが、長くサンタクロースをやっている人たちは、早々にチェックを終えて出発していく。僕も最後に十一回目のプレゼントの確認をした。

「よろしくね」

エルの首をなでる。

「こちらこそよろしく。さあ、出発だ。リトルサンタ」

たくさんのプレゼントと一緒に、僕らは夜空へと飛び出した。

雲の上、満天の星の下をエルがソリを引いて駆《か》けていく。冷たく澄《す》んだ空気にエルの首についている鈴《すず》がリンリンと響くだけで、とても静かだ。たくさんいたサンタクロースも散り散りになって誰《だれ》もいない。

「エル。君はいままで何度もサンタクロースと一緒にプレゼントを配ってきたんだろ。僕が試験に合格するために、何かアドバイスはある?」

「サンタクロースの仕事で一番大事なのは、子どもたちを笑顔にすることだ。それを決して忘れないことさ」

「プレゼントのリサーチならバッチリだよ」

エルが少し笑った。

「それも大事だけど、ちょっと違う」

「どういうこと?」

「その答えを自分で見つけられたら、今夜の試験は合格だ」

エルは跳《は》ねるように、どんどん加速した。

「そろそろだ」

エルは息を大きく吸い込《こ》むと、下降を始めて厚く広がる雲に潜《もぐ》り込んだ。周りは灰色で何も見えない。エルはスピードをゆるめることなく、そのままの勢いで雲の海を抜《ぬ》けた。

僕らの足元で息を潜《ひそ》めていたのは、真白な銀世界だった。建物も道も木も雪で覆《おお》われ、まだ誰か起きているのか、ときどきオレンジ色の明かりが家の窓から溶《と》けだしているのが見える。

「きれい」

ついこぼれた言葉は冷たい風にのってエルにも届いたみたいで、「そうだね」と聞こえた。

遠くまで続く雪景色にしばらく見とれていると、

「さあ、そろそろだ。どうする?」

とエルがたずねた。

我に返ってポケットから配達リストを取り出す。まわる家の順番は事前に決めてある。

「あそこの大きな木のそばの家から始めよう」

「了解《りょうかい》」

エルはさらに高度を下げて、家の前に降り立って止まった。

子どもが一生懸命《いっしょうけんめい》作ったのか、大きな雪だるまが僕らを出迎《でむか》える。僕はリストの一番上にある名前の横に、チェックマークをつけた。

「最後はこの家か」

街中の家々にプレゼントを配ってまわり、残るはあと一軒《いっけん》になった。出発前に注意された通り、ここまで誰にも見つかっていない。

エルは、小高い丘《おか》の上にあるレンガでできた小さな家の屋根に降りた。

「この調子なら試験もきっと大丈夫。終わらせてくるよ」

安心して、たぶん気が緩《ゆる》んでいたのだ。

プレゼントをソリから降ろした瞬間《しゅんかん》、足がすべった。僕が屋根から投げ出されると同時に、プレゼントは手を離《はな》れて飛んでいく。ボスッという音を立てて体が雪に沈《しず》んだ。

情けないことに、僕はそのまま気絶した。

どこかの天井《てんじょう》が見える。

今まで寝ていたのか、ぼんやりしたまま横を見ると男の子と目が合った。

絶対に子どもに見つかってはいけない僕を、人間の子どもが見ていた。

僕はビックリして飛び起きた。なんとか悲鳴は飲み込んだけど、心臓はドキンドキンと嫌《いや》な音が鳴り止《や》まない。

「やあ。君は誰なんだい?」

冷静を装《よそお》ってたずねる。

「ルーカス」

ズボンのポケットを漁《あさ》り、ヨレヨレになっている配達リストを取り出す。チェックがつかないまま、最後に残っていた名前は〝ルーカス〟だった。

「ねえ、お兄さんはどろぼうなの?」

ルーカスは、なんでもないことかのように聞いてくる。

「まさか！」

あわてて否定する。

「倒《たお》れてる僕を助けてくれたんだね。ありがとう。でも、この赤い服を見たらわかるだろう？　サンタクロースだよ」

「どうしてサンタクロースが僕の家の庭で寝てたのさ」

「クリスマスにサンタクロースが来る理由なんて一つじゃないか」

部屋を見回したけど、探し物は見つからないしエルもいない。

ルーカスの部屋は勉強机と本棚《ほんだな》が置かれ、服がぐちゃぐちゃになって床《ゆか》に脱《ぬ》ぎ捨てられていた。

「なあ、ルーカス。いいや、ルーク。僕のそばに箱が落ちてなかったか？　緑色の包装紙に、赤のリボンだ。もしくはトナカイを見なかったかい？」

「気付かなかった」

どうやらプレゼントもエルも行方《ゆくえ》不明らしい。

ひとまずこの場を乗り切ろうと、プレゼントを探しにルークと一緒に外に出た。

「エル！」

玄関《げんかん》の扉《とびら》を開けるとエルが立っていた。僕は雪に足を取られながらかけよる。

「ああ、よかった。心配したんだよ」

ほう、とエルが白い息を吐き出した。

「ごめんね。ルークが助けてくれたんだ」

そう言って隣《となり》に立つルークを見る。

「トナカイがしゃべった」

ルークは目をまん丸にしていた。

「このトナカイはエル。僕の相棒で歌もうまいんだよ」

「空だって飛べるんだ。しゃべるくらいは簡単さ」

エルは少し得意げだった。

「それよりルーク。僕が倒れていたところまで案内してくれないか？」

ルークが先頭になり、僕ら二人と一匹《ぴき》は壁《かべ》伝いに雪の上を進んだ。

「ここだよ」

一か所だけごっそりと雪が沈んでいるところがある。少し離れたところに細かいジグソーパズルのピースが散らばっていた。近くを見回しても他に何もなさそうだ。落ちているピースを拾い、僕とルークは一度部屋に戻った。

「ルーク、すまない。これ、本当は君へのクリスマスプレゼントなんだ」

雪の上で拾ったピースをそっと差し出す。

ルークが手に取ってじっと見る。

「箱がどこかに飛んでいって、破れたところから少しピースが落ちたんだと思う」

「これってなんのパズルなの?」

「さあ?」

パズルの絵柄《えがら》は男の子が喜びそうなものだと思うが、何を選んだかまでは覚えていない。

「いらない」

ルークがピースをつき返す。プレゼントを拒否《きょひ》されるなんて想像もしていなかった僕は焦《あせ》った。

「でも、ジグソーパズルはずっと欲しかったんだろう？　もちろん新しい物を用意するから、少し待っていてくれるかい？」

僕は何日も図書館にこもり、配達を担当する子どもたちのことを調べていた。もちろんルークも例外じゃない。

記録によると、ルークはお父さんを連れておもちゃ屋に行き、大量のパズルを見ていた。おもちゃ屋に行く道すがら、近所の本屋の店員さんや交番のお巡《まわ》りさんにまでパズルを探してると言ってまわっていて、よっぽどパズルを買ってもらうのを楽しみにしているんだと思った。

「もう必要ない」

「そしたら今欲しいものはなんだい？　プレゼントはそれにしよう」

子どもの興味はコロコロ変わる。何でもいいからプレゼントを渡さないと、試験は不合格だ。

「欲しいものはないったら」

ルークはため息をついた。

僕は、授業の内容をまとめたノートを取り出す。ページをめくり、プレゼントはいらないと言われてしまったときの対処法を探した。

でもそんなことは書いてない。

サンタクロースとして守るべきルールや心構えが書いてあるだけだった。

ルークが欲しいものは何なのか、何かヒントが欲しくて部屋を見回すと、ベッドサイドにルークと一緒に肩《かた》を組んだ笑顔の少年の写真が飾《かざ》られているのを見つけた。

「じゃあこの子と一緒に遊べるゲームなんてどうだ？」

ルークは写真を見て顔をしかめる。

「ジャックとは友達だったけどもう会えないよ。僕、最近こっちに引っ越《こ》してきたんだ」

「会えないなんてことはないだろう？」

「前にいたところは遠いんだ。それに、ジャックになんて言えばいいかわからないし」

「何を?」

「ジャックからもらった誕生日プレゼント……ジグソーパズルを無くしちゃったんだ。もらって家に着くまでに落としたのか、買い物に寄ったお店で置いたまま忘れたのかわからないけど」

「ああ、君はジグソーパズルが欲しかったんじゃなくて、探してたのか」

本屋や交番では、パズルの落とし物がなかったか聞いてまわってたんだ。

「リトルサンタ!」

窓の外でエルが呼ぶ声がした。

ルークと一緒に外に出ると、エルの足元にあちこち汚《よご》れたプレゼントの箱が転がっている。

「君が落ちた場所から少し離れたところで見つけたんだ。これでピースが全部そろうかはわからないけど。どうする?」

エルはちらりとルークを見る。ルークは全く興味がなさそうで、こちらを見向きもしない。

僕はどうしようか考えた。

〝サンタの役割は子どもたちを笑顔にすること〟

エルを見て、ここに来る前に言っていたことを思い出した。ルークを笑顔にするためには、何が必要なんだろう。

「エル、ソリに僕とルークを乗せることって出来る？」

「プレゼントはもう全部運び終わったし、子どもが一人増えるくらい、どうってことないよ」

こんなことをしたら、もうルール違反《いはん》を誤魔化《ごまか》せない。それでも、

「わかった。ジャックに会いに行こう。僕が連れて行く」

ルークが僕を見た。

「本当は会いたいんでしょ」

「でも、パズルのこと言ったらすごく怒《おこ》るかもしれない」

ルークが迷っていることが伝わってくる。

「謝《あやま》るのって勇気がいることだと思う。ルークが不安に思う気持ちもわかる。でも、

悪いことをしたな、と思ったら謝る。これからもずっと仲良くしたいなら、必要なことだよ」

僕がそう言うと、ルークはコクリとうなずいた。

「決まりだ。エル」

「うん。任せて」

エルは準備体操をするかのようにあちこち身体《からだ》を動かしている。

「ありがとう。すぐに出発だ」

ルークを暖かい格好に着替えさせると、僕らは夜空へと飛び立った。

エルはとんでもない速さで進んでいく。

ルークの家があっという間に小さくなり、山を越え湖を渡り、流れ星すら追い越していく。ルークは空の旅に興奮しっぱなしだった。

「さあ、そろそろ到着《とうちゃく》だ」

ポツポツと街灯の灯《とも》る大きな街が見える。

さらに近寄ると、街の中心には時計が掲《かか》げられた塔《とう》があった。

「ずいぶん立派な時計台だね」

街で一番背が高い建物で、全体に彫刻《ちょうこく》が施《ほどこ》されている。まるで美術作品みたいだ。

「あれ、上は時計台だけど、実は駅なんだ。この街のシンボルだよ」

ルークの説明を聞きながらどんどん街へと近づき、時計の盤面《ばんめん》を横切るようにして進む。時刻は五時をまわろうとしていた。

ルークの案内で、街のはずれにあるジャックの家の庭に降り立つ。僕とルークでそっと家に近づく。

「準備はいい?」

ルークはうなずいた。もう迷いはないようだ。

ルークは二階にあるジャックの部屋の窓に雪玉をぶつけた。二、三回繰《く》り返すと、部屋の明かりがついて、カーテンが開いた。

ルークの部屋で見た写真の少年が、眠《ねむ》そうに立っている。

「ジャック！」

ルークは小さな声で叫《さけ》んだ。ジャックは、驚《おどろ》いた顔をして窓を開ける。

「ルーク！　どうしてここに？」

「ジャックに謝りたいことがあって来たんだ！」

ジャックが窓辺から姿を消すと、しばらくして勢いよくドアが開いた。

「会いたかった！　寒いでしょ？　とりあえず中に入って」

エルを外に待たせて、僕らは部屋へと入った。

ジャックとルークはベッドに腰《こし》かけ、僕はそこらへんにあったイスを借りた。

ルークは止める間もなく僕のことを「サンタクロース」だと紹介《しょうかい》した。

たった数時間でかなりのルール違反や減点事項《じこう》を重ねてきて、ここまでくるとどうにでもなれとも思う。

「そういえば謝りたいことって？」

ジャックはたずねた。

しばらく会えなかった間の出来事を、お互《たが》いに話し終えたころだ。ルークは自分の膝《ひざ》をにらんでいたが、逃《に》げなかった。

「ごめん。もらったジグソーパズル、なくしちゃったんだ」

「ジグソーパズル？」

ジャックは、何を言っているのかわからないという顔をする。

「うん。誕生日プレゼントにってくれたやつ。あちこち探したんだけど、見つからなくて」

ルークはうつむいたまま、絞《しぼ》り出すようにして言った。今にも泣きそうなのか、握《にぎ》りしめたこぶしが震《ふる》えている。

「それならうちにあるよ」

ジャックが机の引き出しを開けると、きれいにラッピングされた青い袋《ふくろ》を取り出した。

「これ、ここで遊んだときに渡したの覚えてる？　中身はパズルだよって言ったら、家で開けるって喜んで帰っていったよ。これは置いたまま」

「え！」

「すぐ戻ってくると思ったんだけど……。まさかパズルなんかを気にして連絡《れんらく》もなしに引っ越したの？」

「ごめん……だって、失くしたなんて言えなくて」

ジャックが怒っていないとわかって緊張がとけた様子のルークは、ジャックから青い袋を受け取った。

「開けてもいい？」

「どうぞ」

ルークはそっと袋を開けた。中から出てきた箱には絵が描《か》いてある。さっき空から見た、時計塔のある駅だ。

「このパズル、完成したらあの駅の絵になるんだ」

ジャックは嬉《うれ》しそうに話しだす。

「なんでこのパズルを選んだかわかる？」

しばらくルークは考えていた。

「きれいだから?」

「二人の思い出の場所とか?」

僕もクイズに参加する。

「二人ともハズレ。この街といえばこの駅だろ? ルークが引っ越すって実は噂《うわさ》を聞いて知ってたんだ。だから、いつでもこのパズルを見てこの街や僕のことを思い出してほしいなって」

ジャックがさびしそうに笑った。

「本当は、パパやママに連れて行ってもらえたら一番いいんだけど、年に何度も通える距離《きょり》じゃないしね。でも、いつか僕が大人になったら、この駅から電車に乗って絶対ルークに会いに行く」

気付けばルークは泣いていた。

「それならどっちが早く大人になれるか勝負だね」

「お前はその泣き虫を直さない限り無理だよ」

ジャックが笑いながらティッシュを渡す。

「ありがとう」

ルークは鼻をかんで続けた。

「僕も絶対にまた会いに来る」

夜明けと共に、別れの時間が近づいていた。

三人で外にでる。遠くに見える駅の時計は六時少し前を指していた。

「ちょっと待って。最後に写真を撮《と》りたい」

ルークが声をかける。

「カメラ取ってくる！」

ジャックは家に入るとすぐにカメラを手に戻ってきた。

「写真は僕が撮ってあげるよ」

僕は声をかけた。

「いいや、一緒に撮ろう。いいよね。ジャック？」

「もちろん！」

ルークは、断って逃げようとする僕の腕《うで》をしっかりとつかんでいる。エルも入って三人と一匹で写真を撮った。

子どもと会ったっていう証拠《しょうこ》がしっかりと残ってしまったじゃないか。

来たときと同じようにルークと僕はソリに乗った。

「ルーク。写真送るね！」

「うん。僕も大人になるのを待つ間、たくさん手紙を書くよ！」

二人は、またさよならの瞬間を迎えた。

「エル、お願い」

「しっかりつかまってて」

エルが助走をつけてふわりと浮《う》いたかと思うと、一気に上空へと駆け上がり、来た道を戻った。


ルークを家に送り届けると、僕はエルと一緒にすぐに工場に向かった。

「エルが言ってたサンタクロースの役割、少しわかった気がする」

工場までの帰り道、この夜に起きたことを思い返していた。

「もうリトルサンタは卒業だね」

エルは嬉しそうだった。

「でも、何度もルールを破ったし、また来年の試験を頑張ることにするよ」

今年はきっと不合格だろうと思うけど、そんなに嫌な気はしない。

「サンタクロースのルールっていうのは、子どもを幸せにするために決めたことだ。でも、子どもを喜ばせる方法なんて、子どもの数ほどあるんだよ。まあ、試験の結果が発表されるまで寝るとして、帰ったらまずはおいしいケーキでも食べよう」

遠くの空は明るく、朝日を反射した雪がキラキラと光っている。

このクリスマスの朝の気持ちを、僕は忘れたくないなと思った。

それからまたクリスマス・イブの夜がやってきた。
今年最後の配達先は、
去年と同じレンガ造りの小さな家。雪に足をとられないよう屋根の上にそっと降りる。

子ども部屋に入り、枕元《まくらもと》にプレゼントのレターセットを置く。

部屋を出ようとすると、〝サンタクロースへ〟と書かれたメモと、リボンでグルグル巻きにされた袋が目に入った。

開けてみると、小さな箱が一つある。

工場に持ち帰り、自分の部屋にこもって確かめると、中身はジグソーパズルだった。

早速パズルにとりかかり、一時間ほどかけて完成させると、そこには僕とエル、ルーク、それからジャックの四人の顔が並んでいた。去年、ジャックが住む街で最後にとった写真だ。

写真の中の全員が笑っている。

僕は自分の胸に手をあてる。写真の僕がつけている星のバッジはもうない。

出来上がったパズルを、僕の相棒、エルに見せるため、僕は部屋の扉を開けた。

[5分後に癒されるラスト]

Hand picked 5 minute short,
Literary gems to move and inspire you

幸せと切なさと

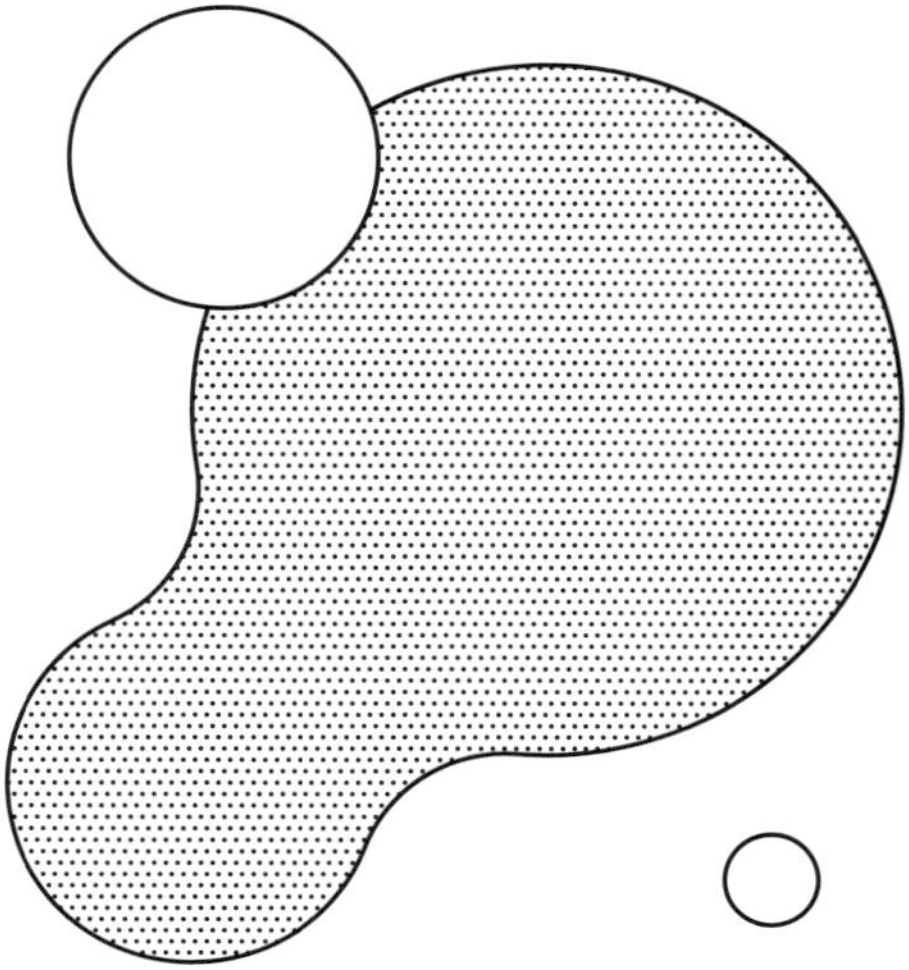

有坂悠

日比野《ひびの》くんの笑いは感染する。

例えば朝、家を出る前に親に叱《しか》られたり、学校に着いた途端《とたん》に転んで脛《すね》を怪我《けが》したり、乱暴な同級生にからかわれたりして、気持ちが目一杯《めいっぱい》落ち込《こ》んでいたとしても。

教室のどこかから日比野くんの大笑いが響《ひび》いてきたら、なぜだか僕《ぼく》まで笑いたくなる。

笑いたくなって我慢《がまん》しているうちに、また第二弾《だん》が届くと、もう無理。

絶対と言っていいくらい、ぶっと噴《ふ》き出して笑ってしまうんだ。

日比野くんが何を見て、何をして、何を聞いて笑っているのかなんて、輪の中にいない僕らには謎《なぞ》だ。

笑い声がしたからそっちを振《ふ》り向くと、日比野くんの周辺もみんな必ず笑っている。

多分、下らない話で盛り上がってるんだろうけど、その内容になんか興味はないんだ。

日比野くんの笑い声が愉快《ゆかい》だから、それでいい。

よく、笑いは伝染するって言うけど、もうそんな程度じゃなくて。

触《ふ》れたら百発百中感染するウイルスみたいだ。

でも、こんなウイルスなら大歓迎《だいかんげい》。

嫌《いや》な気持ちが一瞬《いっしゅん》で吹《ふ》き飛んで、さあまた元気に頑張《がんば》ろうって思えるんだから。


この間は、凄《すご》いことが起こった。

三時間目の数学の授業が始まったばかりの時、先生が宿題の提出を求めたんだけれど。

必死に机や鞄《かばん》の中をゴソゴソしていた日比野くんが、ようやく探し当てたらしいノートを嬉《うれ》しそうに机の上に広げたその瞬間。

どういうわけか日比野くんは、掻《か》き抱《だ》くようにノートを懐《ふところ》におさめて爆笑《ばくしょう》した。

突然《とつぜん》の事でビックリした僕達と先生だけど、あまりにその笑い声が愉快だから、誰《だれ》からともなく笑い始めて、結局みんなにうつってしまった。

もちろん先生は立場上、日比野くんを睨《にら》んで（必死に堪《こら》えているのは誰の目にも明らかだったけれど）ビシリと言った。

『どうした日比野！　何がおかしい？』

すると日比野くんは、懐のノートを丁寧《ていねい》に開いて先生に見せた。

僕らも先生も身を乗り出してノートを確認すると、日比野くんが書いた問題の式や解答に重なって、目と鼻と口が描《えが》かれた大きな円がドデンと居座《いすわ》っていた。

『提出するページを開いたら、弟の落書きがあったんです。これ、三歳《さい》児の芸術作品』

言った後、日比野くんはまた、大笑いした。

すると今度は、隣《となり》のクラスから爆笑が弾《はじ》けた。

僕らの教室は「え？」っとなって、しばらく様子を窺《うかが》っていたんだけれど。

笑いが落ち着く前に、隣のクラスで国語を担当していた山口《やまぐち》先生が飛んできて、困った顔で言った。

『日比野くんを笑わせるの、やめてもらえます？　こっちまで響いてきて、みんなにうつって大変なんです！』

キョトンとする日比野くんは、自分の笑い声の威力《いりょく》に全く気付いてない様子で。

ペコリと頭を下げて、授業中にうるさくしたことを、山口先生に謝《あやま》った。

そして、ノートに再び目を戻《もど》したら、またまた笑い出してしまったわけで。

山口先生も僕らも隣のクラスも、最後には数学の先生まで観念して、一緒《いっしょ》になって笑った。

弟くんの落書きは、日比野くんが大笑いした時の顔に似ていた。

みんなも先生も口を揃《そろ》えて、『お兄ちゃんの似顔絵を描《か》いたんだ』と、いつまでも笑った。

そんな平和な僕達のクラスに、転校生がやって来た。

加川大地《かがわだいち》くん。

背がスッと高くて、背の順に並ぶと一気に一番後ろになった。

運動が出来て、勉強も出来た。

女子が横目で眺《なが》めては、きゃあきゃあ騒《さわ》いでるのをよく聞くようになった。

でも、大地くんは大人しい人だった。

大人しいというより怖《こわ》い雰囲気《ふんいき》の人で、喋《しゃべ》らないし笑わない。

真顔よりもほんの少し尖《とが》った表情で、常にムッとしている。

だから僕達男子の間では、どう接していいのか分からずに、一人で席に座っている大地くんを遠巻きに眺めることしか出来なかった。

もちろん最初は挑戦《ちょうせん》した友達が沢山《たくさん》いた。

話し掛《か》けたり、遊びに誘《さそ》ったり、一緒に帰ろうと努力した。

それに対して大地くんは、一切返事をくれなかった。

いつしか僕達の教室では、大地くんの存在を『無』にしていった。

初めは騒いでいた女子すらも、ラリーの続かない相手に嫌気がさして、関わりを避《さ》けるようになった。

ただ一人、日比野くんを除いては。

日比野くんは大地くんによく声を掛けた。

無視されても挫《くじ》けなかった。

一緒にいようとしてたわけじゃない。

ただ、朝の挨拶《あいさつ》や帰りの挨拶、教室ですれ違《ちが》う時や体育で同じチームになった時、何一つ特別なシーンじゃなくて、クラスメートとして当たり前の会話を試みていた。

教室で仲間と騒ぐ日比野くんが笑い声を発した時、僕はいつも、反射的に大地くんを探す。

もしかして笑ってないかな、感染してないかな、と期待して。

でも大地くんは、決して笑わない。


日比野くんの挑戦と大地くんの無視は、1ヶ月も2ヶ月も続いて、それを観察する僕は大いなる発見をした。

最近、休戦中に仲間と日比野くんが大笑いした時、席で大地くんは耳を塞《ふさ》いでいる。

これってもしかして、もしかするよね。

堪えてるよね、きっと。

大地くんも気付いてしまったんだ、日比野くんの笑い声の感染力に。

僕は嬉しかった。

大地くんも普通《ふつう》の子なんだ。

本当は笑いたいのに、大地くんの中の何か固い決心というか、プライドというか、僕には分からない何かが邪魔《じゃま》をして、それが出来なくなっている。

本当の自分を出したいのに、殻《から》を破れないでとじ込もっている。

そんな気がして、いてもたってもいられなくなった。

だって、そんなの辛《つら》くない？

寂《さび》しいし、悲しくない？

まあ、僕の早とちりかもしれないから、自分で挑戦しようとはしないけれど。

これを、臆病者《おくびょうもの》と呼ぶんだろうけれど。

大地くんが転校してきて三ヶ月経《た》った頃《ころ》、日本全国の教育が義務付けられる立場にはありがたい、夏休みが目前になった。

友達との会話もどこか浮《うわ》ついた内容が増えてきて、旅行するとか、田舎《いなか》のばあちゃんちに帰るとか、ワクワク感が満載《まんさい》だ。

僕は特に予定がなく、提供するワクワクはなかったけれど、友達と一緒に残りの日数を指折り数える日々を楽しんでいた。

あと一週間。あと五日。あと三日。

カウントダウンがラストを告げようという、終業式当日のことだった。

大掃除《おおそうじ》が終わった休憩《きゅうけい》時間、教室の後ろにたむろしていた日比野くんが、ものすごい笑い声を発した。

これはもう、今までで最強の感染力だ。

近くにいた女子や友達、少し離《はな》れていた僕や、廊下《ろうか》にいた生徒まで、自分がさっきまで取り組んでいた何か（それは、ただ歩いていたりだとか、そういうもの）を一時中断した。

そして、笑い続けて苦しくなって、また息継《いきつ》ぎして笑い始める日比野くんの様子に、みんな感染した。

なんで？ なんでこんなに笑えるんだ。ほら、教室の隅《すみ》で口喧嘩《くちげんか》していた女子までが、一緒に笑いながら手を叩《たた》いている。

その時。

「勘弁《かんべん》してくれよ！」

突然、怒鳴《どな》り声が響いて、誰かが豪快《ごうかい》に机を叩いた。

日比野くんに注がれた視線が、一気にそちらに移った。

僕も驚《おどろ》いて発信源を振り向くと、大地くんが俯《うつむ》いていた。

「お前の笑い声、なんなんだよ！」

なんだか怒《おこ》っている様子だ。

日比野くんは笑顔を瞬時に封印《ふういん》して、真顔で大地くんを見つめた。

今まで笑いに包まれていた教室が、一転、一触即発《いっしょくそくはつ》の色を帯びた二人に息を呑《の》む。

先に動いたのは、日比野くんだった。

ゆっくりと歩いて、大地くんの席に近付いていく。

心臓がバカみたいに波打ち始めた。

喧嘩はよくない、暴力反対、口論も避けたい。

「俺《おれ》の笑い声、不快だった?」

日比野くんは、机越しに大地くんの真正面に立って、それからストンと腰《こし》を下ろした。

だから反対に、大地くんを見下ろすというより、下から窺うような体勢だ。

「俺の笑い声、うるさい?」

大地くんが何も言わないから、日比野くんはもう一度、どことなく切なそうな口調で聞いた。

「うるさくない」

意外なことに大地くんは、そうはっきり否定した。

「うるさくなんかねーよ。不快でもねーよ。むしろ楽しいし、笑いそうになるんだよ」

「え、なら一緒に笑えばいーじゃん」

そうだ、笑えばいいのに。と、きっと誰もが心中で繰《く》り返したに違いない。

僕もすぐにそう思った。

でも大地くんは、顔を上げて日比野くんを見て、今度もはっきりと否定した。

「無理。俺はクラスになじみたくない。仲良くなりたくない。一緒に笑いたくない」

「なんでだよ」

それはなぜ!?!?

きっと誰もが、その確固たる全否定に同じ疑問を抱いたに違いない。

僕もすぐに、心のなかで叫《さけ》んだから。

「俺、転勤族だから。父親の職場、二年に一度は異動あるから。高校になるまでは、どこに転勤になってもついていく約束だから」

「……え。それが理由?」

「簡単な話じゃないんだ。だって、今まで何度も転校して、その度《たび》にみんなと仲良くなって、それなりに楽しかったけど」

「なら、ここでもそうすればいーじゃん」

「別れるときの辛さ、半端《はんぱ》じゃないんだ」

そこでようやく、みんなが納得した（確認したわけじゃないけれど、そんな雰囲気が漂《ただよ》った）。

そうか、分かった。

みんなと仲良くなってしまうと、また転校することになった時、さよならするのが辛いんだ。

僕は十四年間の人生で一度も転校したことはないけれど、きっと、とても悲しくて寂しい事なんだと思う。

「それでも、笑えよ」

日比野くんは、キッパリ言った。

そして立ち上がり、大地くんを見下ろした。

「二年間でもいーじゃん。仲良くしようぜ」

「今回は一年だって言ってた」

「一年間でも！　明日から夏休みだし、お前の家教えろよ。遊びに行くから、友達と。今日一緒に帰ろうぜ」

「だから……」

大地くんが何か続ける前に、日比野くんは友達の所に戻って、身ぶり手振《てぶ》りで会話を始めた。

彼《かれ》らも話は把握《はあく》したみたいで、しばらくするとみんなで大地くんの席に集まった。

結局その日、彼らが一緒に帰ったのか、夏休みに遊ぶ約束をしたのか、帰宅方向が正反対の僕には知る由《よし》もなかったけれど。

清々《すがすが》しい気分で一学期を終えたのだけは確かだ。


新学期が始まると、答えは簡単に出た。

日比野くんと大地くんは、とても仲良くなっていた。

一学期の沈黙《ちんもく》がまるで夢だったかのように、大地くんは見違えるように明るく、よく笑うようになっていた。

それにつられるように女子の人気も復活して、また大地くんが分け隔《へだ》てなく接するものだから、モテモテだった。

僕らのクラスは二学期も、日比野くんの笑い声に誘われて、笑顔の絶えない日々を過ごした。

運動会も音楽会も何もかも笑いながら楽しんだ。

素晴《すば》らしい日々は、素晴らしい時は、退屈《たいくつ》でつまらないそれらより、過ぎ去るのが早い。

三学期も残り僅《わず》か、春休みまでのカウントダウンが始まった。

春休みが終われば、僕らは三年生。高校受験との戦いの幕が切っておとされる。

「えっ?!　まじで?!」

掃除終わりの休み時間、教室の後ろで日比野くんの叫び声が響いた。

「まじで1年かー」

「だから言っただろーが。三月末に異動あるから、春休み明けたらここじゃないどっかの中学だな」

「まじかー……」

二人の会話に、なぜかクラス中で聞き耳を立てていた。

「お前には大変お世話になりました」

「うわ気色わりー！　でも、まじかー」

「まじかまじかって、うるせえなぁ」

「それしか言えねー」

「真剣《しんけん》な話、この学校最高だった。このクラス最高。お前の笑い声最高」

「まじかー」

「たった一年だしって、意地になってみんなのこと無視してた自分が馬鹿《ばか》みたいだな」

「お別れ会みたいなの、先生何も言わなかったな。明後日《あさって》から春休みなのに」

「あ、悪い、それ俺が断ってる。絶対しないで下さいって。こっぱずかしいから、俺が嫌なんだ、そういうの」

「そっか。お前が嫌なら、まあ仕方ないか」

「そういうこと。ま、気持ち良く潔《いさぎよ》くさよならしようぜ」

「まじかー」

そこで、会話は途切れた。

しばらく沈黙が続いた。

それは、普段なら気にもしないいいちクラスメートの会話の沈黙で、自分達は自分達の会話を続行して過ごせば済むことだった。

でもなぜか教室は、二人の沈黙に合わせるかのように、静まり返った。

「……本当だなー。これってかなり、キツいなー」

小さな声が、でも、はっきりと僕らの耳に届いた。

それは呟《つぶや》くような日比野くんの声だった。

「本当にキツいこと、ずっと今まで繰り返してきたんだな、大地。俺だったら堪《た》えられないや」

日比野くんが右手で鼻をこすった。

と同時に、ポタリと何かが床《ゆか》に落ちた。

「げ。お前何泣いてんだよ、馬鹿《ばか》だろ」

「だって辛いじゃん。俺も辛いけど、お前が可哀想《かわいそう》でさ」

「それで泣いてんのかよ、ますます馬鹿だろ」

大地くんは笑いながら日比野くんの背中を叩いたけれど、静かに涙《なみだ》を拭《ぬぐ》う日比野くんに、我慢の限界がきた様子だった。

それは僕も同じだった。

クラスのみんなも、同じだった。

日比野くんの涙が感染した。

今まで笑いを感染させていた日比野くんは、涙まで僕らに感染させた。

しくしくしくしく、みんなが泣いた。

日比野くんの優しさや、大地くんの辛さや、自分達の寂しさが、大波となって僕らを包み込んだ。

そうして春休みを迎《むか》え、大地くんの姿は消えてしまった。

僕は中学3年生に進級した。

日比野くんとは、クラスが離れてしまった。

でも、今でも変わらず聞こえてくる。

廊下を歩いていたり、体育館で遊んでいたり、運動場に集まっていたりする時、まれに授業中にすら、あの陽気で愉快な笑い声が。

すると僕はやっぱり感染して、一緒に笑ってしまうんだ。

日比野くんはきっと、自分の想《おも》いに正直なんだろう。それを隠《かく》さず惜《お》し気《げ》もなく、力一杯外に出すのだろう。

それに感染する度に僕達は、胸の中の黒くてネバネバした負の感情がいとも容易《たやす》く消滅《しょうめつ》していく、ささやかでも幸福な安らぎを覚える。

なぜなら日比野くんの笑いは、人の失敗や愚《おろ》かさを対象には、決してしないものだから。

かつて弟の落書きを笑った時も、そこには愛《いと》しさしか存在しなかった。

真面目な場面では、誰よりも真剣なことを、僕は知っている。

だからこそ、日比野くんは笑い声だけじゃなく、涙まで感染させることが出来るんだ。

人を思いやり、真剣にぶつかることの出来る日比野くんは、これから先もずっとずっと、色々な場所で感染させていくことだろう。

幸せと、喜びと。

ほんの少しの切なさを。

［5分後に癒されるラスト］

Hand picked 5 minute short,
Literary gems to move and inspire you

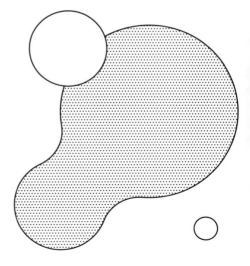

買い物強者

（有）ユウ

「あのう、これ、賞味期限が切れちゃってるように見えるんですが……」

僕《ぼく》は、極力店員さんを刺激《しげき》しないよう、責めているようには決して聞こえないようにジュースを指し示した。

レジにいた年配の女性は、ジュースを僕から奪《うば》いとった。

「こんなの置いといてくれたら誰《だれ》か間違《まちが》って買ってくれるかもしれないのにねぇ」

いやいや、イケナイだろう。

僕は呆然《ぼうぜん》とした。

好きなジュースは他に見あたらず、緑茶も何だか怪《あや》しいメーカーで、もう期限を確かめる勇気は出ない。

冷蔵庫はガラガラに空いていて、半分は電源すら入っていない。

近くには他に店らしいものはない。

コンビニみたいな見かけだったので入ってみたが、駄目《だめ》だこりゃという言葉が脳《のう》裏《り》を過《よ》ぎった。

仕方がないので、数少ない酒類の中から軽い発泡酒《はっぽうしゅ》を選び取る。

「あんたそれはできたら置いといて。うちの人の晩酌《ばんしゃく》用なんだわ。そっちのカップ酒なら買い放題だわ」

僕は昼間から大酒を飲む人になってしまったが、他に選択肢《せんたくし》はないらしい。

「それはそうと、あんた見かけない顔ねぇ、旅行かしら?」

「いえ、移住です」

「また何でこんなとこに」

「新しい可能性を探して」

逃避《とうひ》ですというわけにはいかない気がした。


僕には悪い方のくじを確実に引き当てるという特技がある。

勤めた会社はことごとく黒かった。

朝行ったら倒産《とうさん》の貼《は》り紙だけが出迎《でむか》えてくれたことが二回。

経営者が、僕が見ている前で夜逃《よに》げしたことが一回。

給料を上司に着服されたことが一回。

働くことへの意欲や憧《あこが》れは、とうに消え失《う》せていた。

しかし、働かずに暮らせるわけではない。

せめて家賃が安く、食べ物がどうにかして手に入りそうな僻地《へきち》ならばと考えた果ての選択だった。

冷静に考えてみると就職先を見つけるのが先だが、僕はどうやらとても疲《つか》れているのだろう。


店員さんは、胡散臭《うさんくさ》いという表情を隠《かく》さなかった。

「あんた、ひょろっとしてるけど病気はないよね」

遠慮《えんりょ》も容赦《ようしゃ》もない。

「一応健康です」

「スポーツはやってたの?」

「登山部でした」

僕の忍耐力《にんたいりょく》が培《つちか》われた理由は多分にこの部活にあるが、それは殆《ほとん》ど役に立ったことがない。

「……決めた。あんた明日からうちに来なさい」

「は？」

「は、じゃない。この店で雇《やと》うから。いやあ、よかったわ、うちの人は腰痛《ようつう》持ちだし働きたがらないのよ」

僕だってできたら働きたくはないが、そうはいっていられない。

「名前は？」

「秋山実《あきやまみのる》です」

「じゃあ実君、私が店長の丸井《まるい》シゲ子《こ》です。シゲ子さんって呼んでね」

なぜに苗字《みょうじ》ではなく名前呼びなのだろう。

それに、この欲しいものが全くない店に人を雇う余裕《よゆう》などあるのだろうか。

少しだけ考えたが、こんな機会はもうなさそうだ。

僕は、半ば無意識にハイと返事をしていた。

僕はまた引き当ててしまったのだ。

果ての見えない急な石段の前でそう思った。


シゲ子さんは、朝八時に出勤した僕に、にっこりと笑いかけた。

洗剤《せんざい》に調味料に飲料水に牛乳。

世の中の、ありとあらゆる絶望的に重いものが詰《つ》まっている、変な背負いカゴを差し出された。

背負ったら、肩《かた》の骨に食い込《こ》むほどだった。

三十キロは下らないだろう。

シゲ子さんは、僕に手書きの地図をくれた。

「配達お願い」

シゲ子さんの地図の無慈悲《むじひ》な指示は「石段、ノボレ」だ。

迂回路《うかいろ》は無い。

途中《とちゅう》で休めばもう僕は立ち上がれないだろう。

石段が終わったら急坂だ。

そしてまた石段、急坂といくつかの試練を越《こ》えた先にようやく目的地が見えた。

どうしたらこんな所に建てられるのかわからない、悪魔《あくま》の絶壁《ぜっぺき》ハウスである。

「……おはようございます、丸井商店です」

「ハイハイ、シゲ子さんがいってたのはあなたね。あらあら、滝《たき》に打たれたみたい」

悪魔城の住人は笑ったが、僕は、あまりの苦行に息も絶え絶えだった。

「ありがとうございます」

立ち去ろうとした僕のカゴを、住人は引っ張った。

ひっくり返らなかったのは幸いだった。

「ちょっと待って、私には無理よ。家の中まで運んでくれなきゃ」

それはここ、これはあっちと目まぐるしい。

「あ、ついでだからこのテレビこっちに移して」

「その乾燥機《かんそうき》は物置にね」

そろそろついでの域を超《こ》えるのではないかと思いかけた頃《ころ》、ようやく僕は解放された。


「シゲ子さん、まさかこれ、毎日じゃないですよね」

「ハイ、このメモが次の配達先ね。まさかまさか配達が一軒《いっけん》だけだとは思ってないよね」

「……」

「ここらは車が入れない家ばかりでね。住人も高齢化《こうれいか》で身動きが取れない。あんたが来てくれて本当によかったわあ」

五軒の配達を終えたその晩、僕は蜘蛛《くも》の巣に引っかかったトンボになった夢を見た。


僕は、半月経《た》ってもまだ丸井商店にいた。

日々限界への挑戦《ちょうせん》だ。

急坂に石段は当たり前。

おととい、配達先のぼうぼうの雑草を搔《か》き分けていると、庭の草刈《くさか》りを命じられた。

「ほら、あんたも配達に来やすくなるじゃろ」

取ってつけたような理由だ。

「ちょっとチョッキンしてくれると助かるのぅ」

チョッキン爺《じい》さんは、庭木の剪定《せんてい》までも押《お》しつけてきた。

僕は、らくらく高枝切り鋏《ばさみ》のスキルを習得した。

今日の配達は、多分楽勝。

荷物の重さはせいぜい二十キロだし、片道二十分だ。

石段の途中で、しゃがみ込んでいる老婆《ろうば》を見つけた。

とりあえず日陰《ひかげ》に運んで、持っていた水を飲んでもらう。

体温も上がってはいないし、脈もしっかりゆっくり打っている。

大丈夫《だいじょうぶ》とは思ったが、このまま置いていくわけにはいかない。

「お家はどちらですか」

老婆は遥《はる》か山の彼方《かなた》を指差した。

僕は、覚悟《かくご》を決めてカゴは身体《からだ》の前にした。

子どもの頃、じゃんけんに大負けして、よく大量のランドセルを背負っていたものだ。

それを考えると、まだマシな方だろう。

「さあどうぞ」

背負った老婆は子泣き爺《じじい》並みの異様な重さだった。

名前はハナさんというらしい。

「ハナさん、途中でこのカゴの荷物下ろしますからちょっと寄り道しますよ」

「ハイハイ、私は羊羹《ようかん》大好きですよ」

会話は噛《か》み合わなかったが、さほど問題はない。

僕は、黙々《もくもく》と歩き続けた。

丸井商店に戻《もど》った僕にシゲ子さんは特に何もいわず、すぐに次の配達先のメモを渡《わた》してきた。

遅《おそ》くなったことを咎《とが》められなかったのは不思議ではある。

「あのう、何があったか聞かないんですか?」

シゲ子さんはあっさりしたものだった。

「この辺の配達をしてりゃ、予定通りに事が運ばないのはよく知ってるわ。ハイハイ、遅れた分さくさく働いてね」

例の絶壁悪魔城への配達だ。

もうすっかり慣れてしまった。

今日のついでは障子貼りだった。

「悪いねぇ、こんなことまで頼《たの》んじゃって」

「いえいえ、ついでですから」

もはやどちらがついでなのかはわからない。

「前はシゲ子さんがやってくれててね。さすがに年には勝てないって、若い子を雇ったのよ。けれども誰も続かなくってねぇ。あなた意外と頑張《がんば》るわ」

「この荷物、シゲ子さんが担《かつ》ぎ上げてたんですか？」

「そうそう、その前はあそこの旦那《だんな》さんがね。私たちも若い頃は何とかなってたけど、みんなこんな風に年をとるなんてね。若い頃には思っちゃいなかったのよ」

ハナさんは、毎日石段のどこかに座《すわ》っている。

散歩や通院はハナさんの愉《たの》しみなのだ。

配達の帰りに、ハナさんを拾って送り届けるのも、僕の日課になっていた。


ある日、石段のどこにもハナさんが見当たらなかった。

最初ラッキーと思ったものの、何だか気になった。

僕は、何度かためらったが、結局はハナさんの家を訪ねていた。

「ハナさん！……ハナさん？」

「○△■◇▼～」

蚊《か》の鳴くような声だった。

「ハナさん？　ごめん、ちょっと上がるからね！」

ハナさんは鼻をぐずぐずさせながら布団の中にいた。

「実君かねぇ〜。具合が悪ぐでね〜、病院に行げんのよぅ」

ツッコミどころが多すぎると何もいえないものだ。

「病院セットはどこ！」

ハナさんは、いつも持っている巾着《きんちゃく》を指差した。

僕はハナさんにそれを持たせた。

「行くよ、病院！」

僕は、ハナさんを背負って石段を駆《か》け降りた。


「実君、ちょっとここに来なさい」

シゲ子さんの言葉に、僕は覚悟を決めていた。

一日の半分は仕事にならないことばかりなのだ。

クビをいい渡されるのだろう。

「ひと月よく頑張ってくれたわ。絶対に続かないと思ってたのよ」

シゲ子さんから手渡されたのは、給料の入った封筒《ふうとう》だった。

「あ……ありがとうございます」

「少ないわよ。都会で働いてた子には見合わないでしょう」

「いや、僕、ちゃんと給料を貰《もら》えたことなかったんです。ごまかされたり、ひどい時には逃げられたり」

「はあ!? どうやって暮らしてたの!!」

「何度か会社かわっても、どこでも日付のかわる頃終わって、明け方にはまた始まって。あんまり生きてる感じしなかったんですけど。ここに来て、ちゃんと夕方終われることに感動してました」

「……」

それは本当のことだった。

「名前を呼んで貰えたこともあったかどうか。会社にとっては働くのは僕じゃなくてもいいんです」

「実君は、ここでもそうだと思ってる?」

「シゲ子さんに会ってからはちょっと違います。最初は何て強引《ごういん》なんだろうと思いましたし、お客さんも何だかやたら強くて毎日ヘトヘトですけど。生きてるな〜って思えるんです」

「実君が来てくれて助かってるって、お客さんたちが嬉《うれ》しそうに話してくれるんだわ。ああ、ハナさんを病院に運んでくれたんだってね。おかげで肺炎《はいえん》にならずにすんだって。よく実君にお礼をいっといてってね。ありがとう」

損か得かの天秤《てんびん》に載《の》っけたら、僕の人生は大きく損に傾《かたむ》くのかもしれない。

多分シゲ子さんも。

けれども、損得や数ではかれないからこそ面白《おもしろ》い。

僕は、もう少しここで過ごしてみようと思う。

［ 5分後に癒されるラスト ］

Hand picked 5 minute short,
Literary gems to move and inspire you

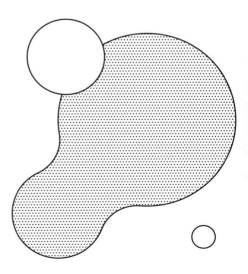

GO

スミレ

慶太《けいた》が会議室から出てくると、課長が待ち構えていた。

「ちょっと行くか」

自動販売機《はんばいき》とベンチがあるだけの休憩《きゅうけい》スペースに連れていかれる。

課長は、缶《かん》コーヒーを買ってくれた。

「俺《おれ》は、断ってもいいと思うよ」

「そんなことできるんですか？」

会議室で部長から聞かされたのは、異動の打診《だしん》だった。異動先は、慶太が高校時代からアルバイトをし、社員になってからもしばらく勤めていた支店だ。

本部から店長として店舗《てんぽ》に戻《もど》る人間は、少なくない。

けれど今回は、慶太が三十歳《さい》を過ぎたばかりと若いのと、店の経営状態が最悪という二点が異例だった。

古巣の貝原《かいばら》店の経営が悪化したのは、慶太が店を離《はな》れてからだった。今の財政状況《じょうきょう》は、支店の中でも最下位の部類だ。

とはいえ、最下位グループの店舗には、通常は歴戦の店長が与《あた》えられる。

ここ数年、貝原店にも代わる代わる店長が就《つ》いたが、誰《だれ》も業績を回復できなかった。

閉店決定まで、あと一押《ひとお》しというところ。首の皮一枚で繋《つな》がっている。

「こう言っちゃ悪いけど、貝原は潰《つぶ》すしかないだろう。閉店店長になったら、お前はもう上には上がれないぞ」

店舗を閉鎖《へいさ》に追い込《こ》んだ店長は、〝閉店店長〟というレッテルを貼《は》られ、その先の出世は望めない。

「思い入れはあるだろうが、はずれくじを引く必要はない。悪いことは言わない、断れ。断ってもいい案件だと、部長も言っていた」

「でも、課長」

慶太は、馴染《なじ》みの社員やベテランのパート従業員から、「慶ちゃん、何とかならないの」と度々連絡《たびたびれんらく》をもらっていた。出張で立ち寄るたびに、所用で電話するたびに、「帰ってきてよ」と泣きつかれた。

その度に「俺は、本部から支えるから」と励《はげ》ましてきた。

俺が帰れば、どうにかなるんじゃないかと慶太は夢を見る。

従業員からこんなに求められた店長は、今までいないはずだ。愛着ある地元の店舗を、閉店させずに済むんじゃないか。

慶太の楽観に、課長はすげなく首を振《ふ》る。

「お前一人でどうにかなる問題じゃない」

分かるだろ、と問われるまでもなく、慶太も理解していた。

まだ若い慶太に、大した実績はなかった。店舗勤務自体、この五年ばかり離れていた。

歴戦の猛者《もさ》が敗北してきた怪物《かいぶつ》相手に、素人《しろうと》に毛が生えた程度の慶太が敵《かな》うはずがない。

煮《に》えきらない思いを抱《かか》え、慶太は家に帰った。妻が迎《むか》えてくれる。

「お帰りなさい。早かったのね」

「ああ」

悶々《もんもん》としている慶太を哀《あわ》れんだのか、課長が早めに帰してくれたのだ。四歳の息《むす》子《こ》が起きている時間に帰ったのは、久しぶりだ。

「疲《つか》れているところ悪いんだけど、陽斗《はると》をお風呂《ふろ》に入れてやってくれない？　ぐずって言うこと聞かないのよ」

「珍《めずら》しいな」

息子は、男の子にしてはおとなしく、年中に上がってからは、それほど手がかからなかった。

「私が聞いても教えてくれないんだけど、お友達と喧嘩《けんか》でもしたんじゃないかしら。幼稚園《ようちえん》の先生は何も言ってなかったから、大したことじゃないと思うんだけど」

「そうか」

喧嘩の一つでもする方が、元気があっていい。

けれど、その悔《くや》しさなり、不平不満なりを親にも先生にも言えず、いつまでもぐずぐずしているのは、自分の子らしいと言えた。慶太も、夜になってから日中の出来事を思い出して泣き出すような子供だった。

明るく、裏表ない妻には、理解しづらい性格かもしれない。

「陽斗、お父さんと風呂に入るか」

「うん」

おもちゃを手にごろごろしていた陽斗は、慶太が誘《さそ》うとすんなり起き上がった。着替《きが》えは妻が用意してくれると言うので、すぐに二人で脱衣所《だついじょ》に入る。

ついこの間までシャツ一枚、自分では脱《ぬ》ぎ着できなかった陽斗だが、慶太が目を離した隙《すき》に、一人で裸《はだか》になり、風呂場へ入っていった。慌《あわ》てて、慶太も服を脱いで、後を追う。

当然のように慶太が湯をかけてやろうとすると、陽斗に止められた。

「おとうさん、ぼく自分でできるから」

「そうか。でも、今日はお父さんがやってやる」

陽斗を椅子《いす》に座《すわ》らせ、頭を洗う。力いっぱい目を瞑《つむ》り、耳を塞《ふさ》ぐ姿は愛らしい。

貝原支店にいた当時、慶太は独身だった。高校生のときにアルバイトを始め、社員に採用してくれるというので、そのまま就職した。本部に異動になるまで、実家から通っていた。

結婚《けっこん》したのは、本部に来てからだ。こちらで生まれた陽斗は、もう一人で着替えもできるし、頭を洗うこともできる。

自分でやると言い張る陽斗をくすぐりながら、体を洗ってやる。どこか強張《こわば》っていた陽斗が大声で笑い出すと、慶太は秘《ひそ》かに安堵《あんど》した。

この分なら、妻の言うように大したことではないのだろう。

自分の体もサッと洗い、二人で湯船に浸《つ》かる。

陽斗が浴槽《よくそう》にへばりつくように入ったので、慶太は反対側の壁《かべ》に背をもたせかけた。

「ちゃんと肩《かた》まで浸かりなさい」

陽斗を抱え上げて、背中から抱き締《だ し》めてやると、陽斗は急におとなしくなった。

「どうした?」

嫌《いや》がる顔を向けさせると、陽斗は真っ赤な顔で唇《くちびる》を噛《か》んでいた。

「どうした。何かあったのか」

陽斗は首を振るばかりだ。

「言わないと、分からないだろ」

陽斗は口を開かない。引きちぎりたいのかと思うほど唇を嚙み締めながら、盛大に口をへの字に曲げている。

「陽斗」

強く言うと、ようやく歯を離した。

「しゃ、しゃべると、泣いちゃう、からっ」

しゃくりあげそうになるのを懸命《けんめい》に堪《た》えている。

「泣いてもいいんだぞ」

「おとこは、泣くな、って、おじい、ちゃん、いつも言って、るからっ」

温厚な慶太の父ではなく、近所に住んでいる舅《しゅうと》のことだろう。

剣道《けんどう》教室を開いている舅は、昔気質《かたぎ》の厳しい師範《しはん》だ。気弱なところのある陽斗には良い教師だと思っていたが、幼い息子が涙《なみだ》を堪《こら》える姿は哀れだ。

「風呂の中ならいいんじゃないか。誰にも分からない。お父さんとお前の秘密だ」

涙を湛《たた》えた瞳《ひとみ》が慶太を見上げる。

慶太は力強く頷《うなず》いた。

「うわぁあぁあぁぁぁあぁぁあぁあっ」

耳をつんざくような泣き声が上がった。

慶太は、陽斗を抱き締める。

縋《すが》りつく息子を思い切り泣かせてやった後、慶太は何とか事情を聞きだした。

どうやら、息子の親友が女の子たちに、いじめられているらしい。いじめといっても、幼稚園児のすることだから、文句を言ったり、遊びに入れなかったりすることくらいらしいが、本人にとっては深刻だ。

「ほんとはっ、ようへいくんを、たすけてあげなきゃ、いけないのに」

集団でやって来る女の子たちが怖《こわ》くて、言い返したりできなかったことを、ずっと悔《く》やんでいたようだ。

しゃくりあげながら苦しそうに息をする息子は、父親に教えを請《こ》う。

「おとうさん、ゆうきって、どうやったらでるの？」

——勇気。そんなもの、どうやって出したらいいんだろうな。

舅だったら何て言うだろうかと考えたが、そもそも泣き出した時点で叱《しか》っているだろう。妻なら、笑い飛ばして励ますのかもしれない。

けれど、慶太には息子の気持ちがよく分かった。

己《おのれ》の保身のために辞令を突《つ》っぱねる気概《きがい》もなく、かと言って飛んで火に入る虫になる勇気もない。

凡人《ぼんじん》がヒーローになるのは、夢物語だ。

——でも。

息子の前では、ヒーローになりたい。それが、男ってもんだろう！

「陽斗、よく聞け」

慶太が両肩《りょうかた》を摑《つか》むと、陽斗は真剣《しんけん》な面持《おもも》ちで頷いた。

「いいか。風呂の中に潜《もぐ》って、五つ数えろ。そしたら、お前はヒーローに変身する。次に風呂に入るまで、お前がヒーローだ。ヒーローになったら、勇気が湧《わ》いてくる。それを大事に抱えて、明日女の子達に言ってやれ。ようへいくんをいじめるな。弱いものいじめはやめろってな」

「……ぼく、言えるかな」

「言えるさ。お前がヒーローだ」

「……わかった」

慶太の勢いに負けたのか、陽斗が頷いた。

「よし。じゃあ、行くぞ。せーのっ！」

慶太と陽斗は思い切り息を吸い込むと、湯船に潜った。

――いーちっ、にーいっ、さーんっ！

二人で潜るには浴槽は狭《せま》く、久しぶりに潜るには五秒は長かった。耳が詰《つ》まる。

目を開けると、陽斗が必死で目を瞑っていた。口から泡《あわ》が漏《も》れている。

陽斗を抱え、目を閉じる。

――よーんっ、ごーおっ！

「はぁっ」

「ぷはぁっ！」

湯船から、ザバアッと湯が零《こぼ》れた。

目を丸くした陽斗が、口を大きく開けて息している。

「いいか、陽斗。男だって、泣いてもいい。人前で泣くのが嫌なら、風呂で泣け。でもな、いくら泣いてもいいけどな、絶対最後は立ち上がれ。勇気を持って、立ち向かえ。大丈夫《だいじょうぶ》。お前がヒーローだ」

「うん……！」

息子は、小さな拳《こぶし》を握《にぎ》り締めていた。


総合スーパー・ニューマート貝原店の屋上は、家族連れでごった返していた。

目当ては、テレビ放映中のレンジャーのショーだ。商業施設《しせつ》では定番のイベントとはいえ、異例の人出なのは、レンジャーを演じる俳優本人が登場するからだ。

この作品で彼《かれ》は、水も滴《したた》るニューヒーローとして一躍《いちやく》スターの仲間入りを果たした。ここが地元と言われており、その縁《えん》で今回のイベントが成立したのではないかと噂《うわさ》されている。

「こちらでしたか」

息を切らせて駆《か》けつけた社員に、慶太は目を細める。

「懐《なつ》かしいねぇ。新谷《しんたに》くんとこの店で会うとは」

「あの頃《ころ》は、お世話になりました。潰れそうだったこの店が、今や旗艦店《きかんてん》ですからね。社長のお陰《かげ》ですよ」

「運が良かっただけさ。五十年止まっていた道路整備が再開して、急に街が発展したんだからね」

「ご謙遜《けんそん》を。地方の小さな食品スーパーを、全国展開する総合スーパーに成長させた立役者じゃないですか」

部下の賛辞を聞き流すと、慶太はステージに注目した。

若い俳優が、縦横無尽《むじん》に走り回っている。

「やはりステージが気になりますか?」

「そりゃ、これだけ人が集まっていたらね。一昨年のリニューアルオープンのときだって、こんなに集まらなかったのにな」

「マスコミが、社長の取材も希望していますが」

「店のことならいくらでも話すけど、息子の話はしないよ。変なイメージをつけたくないからね」

「そうおっしゃると思って、断っておきましたけど」

新谷が慶太に雑誌を渡《わた》す。今日来ている俳優のインタビュー記事が載《の》っている。

『変身シーンは、ハルトさんのアイディアが反映されているとか』

『そうなんですよ。昔、親父に教わったんです。風呂に入るとヒーローになれるって』

『そこから、水を被《かぶ》る演出に』

『毎回、風呂に入るわけにもいかないんで』

写真の中ではにかんで笑う俳優は、ステージで敵に囲まれている。

「こうなったら、仕方ない。変身するしかないな！」

俳優が高らかに宣言した瞬間《しゅんかん》、四方から大量の水しぶきがぶち撒《ま》かれた。派手な演出に、観客のボルテージが上がる。

「いけー！」

「がんばれーっ‼」

子供達の声援《せいえん》の中、ステージは煙幕《えんまく》で何も見えなくなる。

その間、観客は叫《さけ》ぶ。

「いーち、にーい、さーん、しーいっ！　ごーっ‼」

ヒーローの誕生だ。

［5分後に癒されるラスト］

Hand picked 5 minute short,
Literary gems to move and inspire you

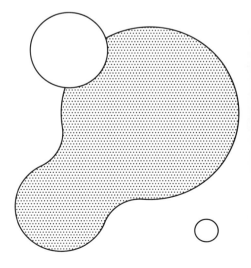

静かで優しい夜のこと

しとっぴ

狭《せま》いアパートの一室、三〇七号室。

私はそこで一匹《ぴき》、拾い物の小さなソファに腰掛《こしか》けていました。

今は夜の九時過ぎ。夕食の冷やし中華《ちゅうか》の出来に満足し、皿を洗い、お風呂《ふろ》に入り、一日の終わりを感じながら、のんびりとテレビ番組を観《み》る時間。

答案用紙に丸をつける。バツをつける。三角をつける。今日の朝と昼は全てその作業に捧《ささ》げたので、さすがの私もすっかりくたびれているのでした。

グラスに入ったビールをちびちびと飲み、市販《しはん》のクラッカーをつまみます。クラッカーは様々なチーズと一緒《いっしょ》に、一口でサクッと食べるのが、美味《おい》しさの秘訣《ひけつ》。ネット上で教わったその秘訣を守るように、私は懇切丁寧《こんせつていねい》にナイフでチーズを塗《ぬ》っては噛《か》み、塗っては砕《くだ》き、塗ってはビールと飲み込《こ》み、美味しさを引き出すように奮《ふん》闘《とう》して、私なりに静かな夜を楽しんでいました。

「おいしいです」

ぽとりと、言葉が溢《あふ》れて、一緒に笑《え》みも生まれました。

テレビでは、容姿の良い人間が、「北海道」という場所を旅して、彩《いろど》り鮮《あざ》やかな鍋《なべ》料理を食べています。鍋の中には、いまだ私が食べたことのない蟹《かに》が入っており、蟹とは一体どのような味がするのか、想《おも》いを馳《は》せながら、またビールを飲みました。

「かには、どんなあじでしょうか」

また、言葉が溢れます。しかし、言葉はそのまま消えてしまいます。

私はそこに、少々の寂《さび》しさを覚えました。

私は、異星からやってきた侵略者《しんりやくしや》です。

海王星と天王星の間に、私の母星はあります。

私の母星は、光の屈折《くっせつ》する現象によって、肉眼では見ることができません。ですので、一旦《いったん》星から出てしまうと、帰ることはできません。

そんな星から――はるばる地球を侵略しにやってきたのはいいのですが、宇宙船が故障したおかげで、地球に着く頃《ころ》には持参した侵略兵器はおろか生活用具までボロボロ、身体《からだ》もズタズタな状態で、まるで隕石《いんせき》のように無防備なまま、私は地球に降り立ってしまったのです。ちなみに、着陸した場所は、地球の中で日本と呼ばれる縄張《なわば》りの、東京都という地区にある渋谷川《しぶやがわ》でした。


あの時の虚《むな》しさ、そして絶望感。

今でも忘れられません。思考回路がブチッと切れる音とともに、置物のように固まっていたのを、未《いま》だに忘れることはできません。


あぁ、そこからどれだけ苦労を重ねたか。

侵略なんてとてもできる状況《じようきよう》ではないので、地球で暮らすことに決めてから、どれだけ苦労を重ねたか。

外見だけなら変化（私は身体を様々な動物に変化させることができるのです）するだけでいいのですが、人間の趣味嗜好《しゆみしこう》、生活習慣、社会、常識、言語について理解するのにどれほどの苦労があったか。怪《あや》しまれて正体が露見《ろけん》する危機は何度もあました。またそれ以上に、あの警察という人間に様々な因縁《いんねん》をつけられて追いかけ回されるというトラブルもありました。仕方ないではありませんか。擬態《ぎたい》といっても服は用意できませんし、お金なんて知りませんし……あぁ、しかしどうして人間は服を着なければ外を歩けないのでしょう。今でも理解に苦しみます。

「つらかったです」

言葉が、漏《も》れていきます。

ビールは感情的にさせてくれます。この漏れた言葉をどうすればよいのでしょう。

あぁ。対処方法がありました。

私は、持っていたグラスを置き、ポケットの中から携帯電話《けいたいでんわ》（スマフォというそうです）を取り出して、アプリを起動させました。

アプリの名前は、「トークタイム」といいます。

原理はよくわかりませんが、このトークタイムはパスワードと文字を打ち込むだけで、遠くにいる人間とお話をすることができるそうです。おまけにグループを作ると、複数の人間とお話をすることも可能なのです。地球人は何と奇想天外《きそうてんがい》な技術を生み出したのでしょう。

『きょうもいちにちつかれたなぁ』

『なんでこんなことしてるんだろう、ぼくは』

『あのちきゅうじんむかつく。ころしてやりたい』

『〝サタン〟さん落ち着いて。身分証明書も無いのに捕《つか》まったら解剖《かいぼう》されてしまいますよ』

いろんな人が、お話をされています。

この『漂流《ひょうりゅう》宇宙人慰《なぐさ》め合いの会』というグループは、私を含《ふく》めて五人。私のように地球へ流れ着いてしまった宇宙人で構成されており、一日をよりよく暮らせるように、お互《たが》いに助け合うことを目的として作られたそうです。

『おつかれさまです。みなさん。〝ほしにかえりたい〟さんは、あいかわらずかんじがじょうずでうらやましいですね』

ピコピコと文字を打ち込み、送信します。〝ほしにかえりたい〟さんや、〝サタン〟さんというのは、俗《ぞく》にいうアカウント名というものです。

返事はすぐさま返ってきました。

『〝ことのみかづき〟さん、おつかれさま。きょうもつかれたね』

『上手だなんて。有《あ》り難《がと》う。唯《ただ》私の特性上、暗記は得意分野だからね』

『ことさんは、きょうはどんなおしごとをしましたか』

『きょうですか。わたしは、きょうは、じゅくというがっこうの、てすとをまるつけするないようのしごとをしました』

『たいへんだね。それは』

言葉と言葉を交《か》わす。これを会話と言います。

会話をしていると、心が温まるような気がして、私は会話することが大好きなのです。

『いまはですね、くらっかーとちーずをたべているのです。とてもおいしいです』

『てれびにですね、かにりょうりがでてきました。かには、どんなあじでしょうか』

『ちきゅうのせいかつになれるまで、がんばりました。つらかったです』

私の気持ちを、トークタイムに投稿《とうこう》しますと、他の方々は優しく反応してくださります。私の気持ちが伝わり、共有することができる。これほど嬉《うれ》しいことはこの世にないのではないかと、私は思いました。

『クラッカーにはね、トマトやセロリも乗せてみなさい。美味しいよ』

『かにかー、かにはね、ゆでたりやいたりするとおいしいかな。きみのほしでいうと、きゅきゅろっとみたいなあじだよ』

『ことさんもがんばってろね。いきてててよかった。これからもかんばろう』

じんわりと、涙《なみだ》が流れます。

私は今、幸せなのでしょう。あぁ、ひたすらに幸せなのでしょう。顔がにやけて笑みが漏れます。笑みが漏れるときは、楽しいときです。私は今、楽しいときを過ごしているのです。

同じ境遇《きょうぐう》、同じ環境《かんきょう》、同じ苦痛。

それらを見つけたときの喜び。それを知ることができただけで、私は、少しだけでも、地球に来られて良かったと思います。

――とはいえ、私は地球侵略に来たのですが。

窓の向こうの景色を見つめます。窓の向こうに見えるのは、美しい新月の姿。綺《き》羅星《らぼし》。幻想的《げんそうてき》な宇宙。私の星では見ることのできなかった、美しさ達です。

――どうせ、もう二度と戻《もど》れないのなら、もう少しだけここにいてもいいですよね。

再び笑みが溢れて、クラッカーを齧《かじ》ります。

そのまま、今の気持ちを入力しました。

『わたし、しあわせかもしれないです』

その後、トークタイムを二時間ばかり楽しみ、話したことの余韻《よいん》に浸《ひた》ったまま、柔《やわ》らかい布団と毛布に包《くる》まれて、私はぐっすりと眠《ねむ》りました。

本書は、小説投稿サイト「エブリスタ」が主催する短編小説賞「三行から参加できる　超・妄想コンテスト」入賞作品から、さらに選りすぐりのものを集め、大幅な編集を施したものです。

本書の内容に関してお気づきの点があれば編集部までお知らせください。info@kawade.co.jp

5分《ふん》後《ご》に癒《いや》されるラスト

２０１８年10月20日　初版印刷
２０１８年10月30日　初版発行

［編　者］エブリスタ
［発行者］小野寺優
［発行所］株式会社河出書房新社
〒一五一−〇〇五一　東京都渋谷区千駄ヶ谷二−三二−二
☎〇三−三四〇四−一二〇一（営業）　〇三−三四〇四−八六一一（編集）
http://www.kawade.co.jp/

［デザイン］BALCOLONY.
［印刷・製本］中央精版印刷株式会社

ISBN978-4-309-61222-5　Printed in Japan

エブリスタ
国内最大級の小説投稿サイト。
小説を書きたい人と読みたい人が出会うプラットフォームとして、これまで２００万点以上の作品を配信する。大手出版社との協業による文芸賞の開催など、ジャンルを問わず多くの新人作家の発掘・プロデュースをおこなっている。
http://estar.jp

「5分シリーズ　刊行にあたって」

今の時代、私たちはみんな忙しい。
動画UPして、SNSに投稿して、
友達みんなに返信して、ニュースの更新チェックして。

そんな細切れの時間の中でも、
たまにはガツンと魂を揺さぶられたいんだ。

5分でも大丈夫。
短い時間でも、人生変わっちゃうぐらい心を動かす、
そんなチカラが小説にはある。

「5分シリーズ」は、
5分で心を動かす超短編小説を
テーマごとに集めたシリーズです。
あなたのココロに、5分間のきらめきを。

エブリスタ×河出書房新社

5分後に涙のラスト

感動するのに、時間はいらない――
過去アプリで運命に逆らう「不変のディザイア」ほか、最高の感動体験8作収録。
ISBN978-4-309-61211-9

5分後に驚愕《きょうがく》のどんでん返し

こんな結末、絶対予想できない――
超能力を持つ男の顛末を描く「私は能力者」ほか、衝撃の体験11作収録。
ISBN978-4-309-61212-6

5分後に戦慄《せんりつ》のラスト

読み終わったら、人間が怖くなった――
隙間を覗かずにはいられない男を描く「隙間」ほか、怒濤の恐怖体験11作収録。
ISBN978-4-309-61213-3

5分後に感動のラスト

ページをめくれば、すぐ涙——
家族の愛を手に入れられなかった男の顚末を描く「ぼくが欲しかったもの。」等計8作。

ISBN978-4-309-61214-0

5分後に後味の悪いラスト

最悪なのに、クセになる——
携帯電話に来た「ＳＯＳ」から始まる「暇つぶし」ほか、目をふさぎたくなる短篇13作。

ISBN978-4-309-61215-7

5分間で心にしみるストーリー

この短さに込められた、あまりに深い物語——
宇宙船襲来後の家族の絆を描く「リング」ほか、思わず考えさせられる短篇8作収録。

ISBN978-4-309-61216-4

5分後に禁《きん》断《だん》のラスト

それは、開けてはいけない扉——

復讐に燃える男の決断を描く「7歳の君を、殺すということ」など衝撃の8作収録。

ISBN978-4-309-61217-1

5分後に笑えるどんでん返し

読めばすぐに「脱力」確定！

美術館に通う男の子が閉館直前に発した言葉とは？「美術展にて」など笑撃の15作収録。

ISBN978-4-309-61218-8

5分後に恋するラスト

友情から恋に変わる、その瞬間——

人気声優による朗読で話題となった「放課後スピーチ」など、胸キュン確実の10作収録。

ISBN978-4-309-61219-5